BEN EST AMOUREUX D'ANNA

L'auteur

Peter Härtling, né en 1933, est l'un des plus importants écrivains de langue allemande. Ses œuvres ont été distinguées par de nombreux prix littéraires. Romancier, poète, essayiste, il écrit alternativement pour les adultes et les jeunes. Père de quatre enfants, c'est en pensant à eux qu'il a écrit ses premiers livres pour la jeunesse. Observateur minutieux, il traite les grands problèmes que rencontrent les adolescents dans la société de son pays. Il existe, depuis 1984, le prix Littérature Jeunesse Peter Härtling.

Du même auteur, chez Pocket Jeunesse :

Sophie fait des histoires
Béquille
Et de six avec Clara !
On l'appelait Filot
Oma
Vieux John

Peter HÄRTLING

Ben est amoureux d'Anna

Traduit de l'allemand par
Antoine Berman

Illustrations de Rosy

POCKET
jeunesse

Titre original :
Ben liebt Anna

Ce livre a été publié pour la première fois en français, en 1981, aux éditions Bordas, dans la collection « Aux quatre coins du temps ».

Loi n° 49-956 du 16 juillet 1949 sur les publications destinées à la jeunesse : avril 1995.

ISBN 2-266-08640-5

Ceci n'est pas une préface. Je veux simplement expliquer en quelques phrases pourquoi je raconte l'histoire de Benjamin Körbel et d'Anna Mitschek. Les adultes disent parfois aux enfants : « Vous ne pouvez pas savoir ce que c'est que l'amour. C'est une chose que l'on apprend quand on est grand. »

Cela veut dire que les adultes ont oublié un tas de choses, qu'ils ne veulent pas vous parler ou qu'ils font les idiots.

Je me souviens très bien qu'à l'âge de sept ans je suis tombé amoureux pour la première fois. La petite fille s'appelait Ulla. Ce n'est pas l'Anna dont je parle dans ce livre. Mais, quand j'ai raconté l'histoire d'Anna, j'ai souvent pensé à Ulla.

Pendant quelque temps, Ben a été très amoureux d'Anna. Et Anna de Ben.

Peter Härtling.

CHAPITRE PREMIER

BEN POSE UNE QUESTION

— Ne te mets pas les doigts dans le nez, espèce d'Indien ! dit la mère.

Elle dit toujours ça quand il se fourre le doigt dans le nez. À chaque fois, Ben pense qu'il n'a encore jamais lu d'histoire dans laquelle un Indien se mettait les doigts dans le nez. Sa maman a une idée plutôt bizarre des Indiens. Quand il rêvasse, il rêvasse souvent du nez. Sa mère le sait très bien. Mais, cette fois-ci, elle lui a fait perdre le fil de ses idées.

— J'ai oublié à quoi je pensais, rouspète-t-il.

— Eh bien, dit sa mère, ça ne devait pas être si captivant ! En plus, quand on va avoir bientôt dix ans, on ne devrait plus se mettre les doigts dans le nez.

— Moi, je connais des gens de cinquante ans qui le font encore.

— Ah oui ? Et qui donc ?

— L'oncle Gerhard !

Sa mère s'écarte. Ben sait qu'elle est en train de rire. Mais de nouveau elle fait la sévère. Elle a tellement de mal à jouer ce rôle qu'elle renverse la salière sur la table.

— Tu ne peux quand même pas être aussi affirmatif, dit-elle.

— Mais enfin, Grete..., répond Ben.

Ben et son frère Holger appellent leur mère Grete. Son père dit Gretel.

— Il faut toujours que tu discutailles, dit sa mère.

Ben secoue la tête et déclare :

— Une fois, tu as dit à papa que l'oncle Gerhard se conduisait souvent comme un cochon. Alors qu'il ne peut pas exister de cochons aussi vieux !

Là, il a vraiment cloué le bec à sa mère. Elle soupire, enlève la terrine de la table, prend un ton différent. Quand elle veut parler sérieusement, elle change toujours de ton.

— Ne lambine pas. Va faire tes devoirs. Quand Holger viendra, il y jettera un coup d'œil.

Holger, le frère de Ben, a treize ans. À l'école, c'est un crack. Et il n'a pas besoin de se donner beaucoup de mal pour ça. Ben, lui, est loin d'être un aussi bon élève. Sa mère trouve que c'est un fainéant. Ce n'est pas toujours le cas. Mais, même quand il fait des efforts, il a du mal à suivre et à faire ses devoirs.

Maintenant sa mère est pressée. Elle doit se rendre au cabinet de consultation du docteur Wenzel. Elle travaille là-bas tous les après-midi comme assistante.

— Allez, va étudier ! lui lance-t-elle en partant.

Ben ne commence pas tout de suite. Il traîne d'abord un peu. Rêvasse. Puis il va dans sa chambre, prend le livre sur les animaux bourré d'illustrations. Puis il donne à manger à son cochon d'Inde Trudi. Puis il se remet à la table, sort de son cartable son cahier et son livre d'arithmétique, les ouvre, pose son stylo à côté du crayon et du buvard. Puis il somnole un peu, enlève ses chaussures et les envoie valser sous le buffet de la cuisine. Puis il se met de nouveau les doigts dans le nez. Finalement, il commence à faire ses exercices.

Ceux-ci lui paraissent plus difficiles que jamais. Probablement parce que des pensées bien différentes s'agitent dans son crâne.

Il n'arrive pas à faire les calculs parce qu'il pense à Anna. Ça le rend furieux. Mais il repense sans arrêt à Anna.

Il faudrait vraiment qu'il cesse de songer à elle. Ce serait mieux, parce qu'il pourrait faire ses devoirs de maths. Mais c'est impossible.

Quand Holger arrive, Ben n'a même pas terminé le premier exercice. Holger est formidable. Il aime bien l'aider. Maintenant, Ben comprend comment faire tous ces calculs. Ils ne sont pas si difficiles.

Seulement, quand Anna et les mathématiques se mélangent dans sa tête, rien ne va plus.

Une fois les exercices terminés, Ben demande d'une voix très basse :

— Dis-moi, Holger, c'est comment, quand on est amoureux ?

Holger, qui s'apprêtait à aller dans sa chambre, s'arrête tout net, fait demi-tour et le regarde, fasciné. Au bout d'un moment, il lui dit :

— Tu serais pas un peu cinglé, petit nain ?

Holger l'appelle toujours « petit nain » quand il veut lui rappeler son âge.

Ben serre les lèvres.

Holger se rend compte qu'il a commis une faute et pose la main sur l'épaule de Ben.

— Je disais ça pour rire. Tu es vraiment amoureux ? demande-t-il.

Ben hoche la tête. Il ne peut plus rien dire. Holger ne ferait que se moquer de lui.

— Je la connais ? dit Holger.

— Non !

Ben a presque crié.

— Eh bien, déclare Holger, quand on est amoureux, on pense tout le temps à la fille qu'on aime. C'est comme si on avait des coliques. Vraiment !

Ce que dit Holger paraît exact. Ben a l'impression que son ventre ou sa poitrine sont tendus. On dirait même que tout son corps lui fait un peu mal. Mais peut-être n'est-ce qu'imagination de sa part.

Ben repousse sa chaise, et celle-ci cogne le genou de Holger.

— Aïe ! hurle Holger. Espèce d'abruti ! D'abord tu te mets à pleurnicher, et maintenant...

— Laisse-moi, dit Ben.

Il ramasse en hâte son cahier, son livre, ses stylos et ses crayons, prend son cartable sur la table et disparaît dans sa chambre. Une fois là-bas, il met son magnéto au maximum et retient ses larmes.

Il aimerait bien retourner voir Holger. Mais, après cette dispute, ça n'est plus possible. Il sort Trudi de sa caisse et le caresse. Quand le cochon d'Inde se sent particulièrement bien, il siffle. Eh bien, maintenant, Trudi s'est mis à siffler.

CHAPITRE II

ANNA

Anna était arrivée à l'école au début de la classe de quatrième [1]. M. Seibmann, l'instituteur, l'avait fait entrer un matin et avait dit :

— Voici votre nouvelle camarade. Elle s'appelle Anna Mitschek. Soyez gentils avec elle. Elle ne vit que depuis six mois en Allemagne. Avant, elle habitait avec ses parents en Pologne.

Chez Anna, tout était comique.

Elle ne portait pas de blue-jean, mais une robe démodée et trop longue. Elle n'avait qu'une natte, également trop longue. Elle était pâle, mince, et reniflait tout le temps.

1. En Allemagne, la quatrième correspond au cours moyen première année (CM 1 français). (*N.d.T.*)

Ben trouvait Anna affreuse.

Certains élèves se mirent à ricaner.

— Un peu de tenue, dit M. Seibmann.

Il plaça Anna près de Katia, et Katia s'écarta un petit peu d'Anna. Celle-ci fit comme si elle n'avait rien remarqué.

Ben trouvait qu'Anna détonnait dans la classe. Il la regarda encore une fois. À ce moment, elle leva la tête et le dévisagea. Il sursauta. Elle avait d'énormes yeux bruns, immensément tristes. Il n'avait encore jamais vu de tels yeux. Il ne savait pas non plus pourquoi il les trouvait si tristes. Il songea : « Ce n'est pas permis d'avoir des yeux comme ça. Ça fait peur. » Il cessa de la regarder.

Les jours suivants, personne ne se soucia d'Anna. M. Seibmann pria les élèves de ne pas être méchants. Si au moins Anna se mettait une fois à pleurer, pensait Ben. Mais elle ne pleurait pas. Katia la trouvait dégoûtante. Elle sent mauvais, prétendait-elle, et elle n'arrive pas non plus à écrire bien. À dix ans, ne pas savoir écrire...

Bernhard déclara :

— Peut-être qu'elle sait écrire en polonais.

— Après tout, dit Katia, c'est une Polonaise, pas une Allemande.

— Elle n'a sûrement pas pu rester en Pologne, affirma Bernhard.

— Parce qu'elle sent trop mauvais, dit Katia.

C'en fut trop pour Ben. Il attrapa Katia par le bras.

— Ça va ! Toi aussi tu pues !

Katia s'écarta de lui et cria si fort que tout le monde dans la classe put entendre :

— Ben défend Anna ! Il l'aime !

Ben fonça sur Katia et lui mit la main sur la bouche. Elle devint toute rouge et se mit à gigoter.

— Arrête ! cria Régine. Arrête, elle ne peut plus respirer !

Ils n'avaient pas remarqué que M. Seibmann était à la porte et qu'il les écoutait depuis un moment.

— Lâche Katia, Ben !

M. Seibmann était fou de rage. Ça se voyait. Il leur ordonna de gagner leurs places.

La classe devint soudain toute silencieuse. On aurait pu entendre une mouche voler. Anna sanglotait. Elle essayait de retenir ses larmes, sans y parvenir. Les larmes coulaient sur ses joues. Elle les essuyait sans cesse et reniflait.

M. Seibmann s'approcha de la table d'Anna et dit à Katia de changer de place avec Régine. Puis il déclara à Régine :

— Peut-être que toi tu peux aider Anna.

Après quoi il leur tint un discours. Il parlait entre ses lèvres, mais on sentait qu'il aurait préféré hurler.

— Il peut arriver à chacun de vous de devoir aller dans une autre ville et dans une autre école. Vous seriez d'abord plutôt dépaysés. Dans le cas d'Anna, c'est bien pire. Elle a été élevée dans un autre pays, la Pologne. C'est là qu'elle est allée à l'école, où elle ne parlait que polonais. À la maison, elle parlait polonais et allemand. Ses parents ont vécu en Pologne, mais ils sont allemands. Ils ont demandé à aller vivre en Allemagne. Et maintenant ils sont ici. Ils veulent se sentir enfin chez eux. Anna aussi. Vous lui rendez les choses difficiles.

Ben jeta un coup d'œil sur Anna. Elle avait courbé la tête. Il n'était pas sûr qu'elle entendait les paroles de M. Seibmann.

— Qu'est-ce qu'on peut faire ? demanda Bernhard après l'école.

— Rien, dit Katia.

Les jours suivants, ils laissèrent de nouveau Anna toute seule. Même Régine renonça à essayer de l'aider.

— C'est une idiote, déclarait-elle. Elle ne me parle pas. Oui, c'est vrai, elle est bête comme ses pieds.

Tout commença avec une vieille balle de tennis. Quelqu'un l'avait trouvée dans la cour de l'école. Ben, Bernhard et Jens se mirent à jouer avec en courant. Anna était près du mur, sous le marronnier. Encore une fois toute seule. Figée comme un point d'exclamation. Comme une présence pleine de reproche. Ben trouvait ça vraiment rasoir.

« Pauvre idiote, pensa-t-il. Nous, nous sommes prêts à jouer avec elle. C'est elle qui ne veut pas ! » Il prit son élan et lança la balle. Celle-ci atteignit Anna au milieu du

front en faisant plaf. Anna poussa un petit cri. « Maintenant elle va se mettre à pleurer », se dit Ben en la regardant.

Tous les autres étaient restés sur place, avaient interrompu leurs jeux et contemplaient Anna. Elle, toujours silencieuse, se frotta le front, se tourna lentement, très lentement, vers le mur.

— Tu es méchant, déclara Régine.

Furieux contre lui-même, Ben s'écria :

— Quelle bête !

Mais on aurait pu croire qu'il parlait plutôt d'Anna.

— C'est vrai, il a voulu toucher Anna. Il a même voulu lui faire mal.

— Bien fait !

Bernhard applaudissait comme au cirque ou au théâtre.

Ben déclara :

— Tu n'avais qu'à la lancer, toi, espèce de crétin !

— Quoi, maintenant tu te dégonfles ?

Bernhard courut rejoindre les autres.

La récréation était terminée.

Ben les suivit, mais n'alla pas tout de suite en classe. Il voulait attendre Anna. Elle ne vint pas. Il retourna dans la cour. Elle était toujours sous le marronnier. Il aurait voulu lui crier : Anna ! Mais ç'aurait été trop. Elle aurait pu croire qu'il voulait se rapprocher d'elle.

Il regrettait de lui avoir jeté la balle. C'était tout.

— Anna... dit-il cependant, assez fort pour qu'elle pût l'entendre.

Anna lui tournait toujours le dos et ne faisait pas mine de bouger. « Si elle ne veut pas, pensa-t-il, tant pis pour elle. C'est sa faute. »

À ce moment-là, elle le regarda. Ses joues étaient toutes sales. Elle avait essuyé ses larmes avec ses mains. Ses yeux paraissaient plus tristes que jamais.

— Seigneur, quels yeux !

Elle fit quelques pas vers lui. Elle avait joint ses mains sur son ventre, comme si elle avait voulu se mettre à prier.

Ben lui dit :

— Excuse-moi.

Anna répondit :

— Ce n'est pas grave.

— Mais tu as pleuré.

— Parce que vous ne m'aimez pas.

— Mais si, moi je t'aime bien, dit-il.

Il n'avait pas du tout voulu dire ça.

— Ouh ! fit-il.

— Qu'est-ce qu'il y a ? demanda-t-elle.

— Rien, rien. Zut de zut !

— Mais tu as dit que...

Ben se boucha les oreilles et se mit à pleurer en hurlant comme une sirène. Il voyait bien qu'Anna lui parlait mais il ne pouvait pas l'entendre. Tant mieux. Il se sentait tellement dérouté qu'il s'éloigna d'elle en courant.

Ils arrivèrent en retard de la récréation. M. Seibmann ne fit pas d'histoires comme d'habitude, mais regarda seulement Ben et Anna d'un air interrogateur.

— Bien, nous pouvons maintenant commencer la dictée.

Bernhard poussa un soupir.

— Il y en a qui ont quelque chose à dire ? demanda M. Seibmann.

Tous les élèves secouèrent la tête comme un seul homme.

« Ça y est, se dit Ben, je vais louper la dictée, c'est sûr. »

La voix de M. Seibmann résonna soudain tout près de ses oreilles :

— Benjamin Körbel, tu dors ou quoi ?

Ben essaya de faire plus attention.

CHAPITRE III

POURQUOI BERNHARD PLEURE AVEC SON DERRIÈRE

Le lendemain, Ben ne comprenait plus rien à rien. Il était tout content d'aller à l'école. Ou plutôt il était tout content d'aller à l'école où allait également Anna. Il s'était levé quelques minutes plus tôt que d'habitude. À partir de ce moment, tout s'était mis à aller de travers.

Sa mère n'avait pas encore préparé le thé. Elle paraissait plutôt maussade. Holger boudait. Son père ne pouvait pas l'emmener en voiture à l'école comme les autres jours. Il devait partir en mission. C'est pourquoi il paraissait pressé, buvait son café debout et tirait tout le temps sur le col de sa chemise. Il avait probablement mis une chemise trop étroite, ou la colère faisait gonfler son cou. En tant qu'ingénieur, le père de Ben devait souvent se rendre sur des chantiers. Ben connaissait trois ponts à la construction desquels avait participé son père. Il trouvait que celui-ci avait un métier sympa. Mais, aujourd'hui, il ne trouvait pas son père sympa. Il était tellement pressé qu'il mettait tout sens dessus dessous.

— Ne bois pas si vite, dit sa mère. Tu vas te brûler.

À qui disait-elle cela ? Ça n'était pas clair. En tout cas, le thé de Ben était plutôt tiède.

Ben attrapa son cartable, décidé à filer le plus discrètement possible. À ce moment-là, il sentit que quelque chose n'allait pas avec son blue-jean. Il mit la main à sa ceinture. La fermeture à glissière avait sauté. Il poussa un grand cri. Effrayé, son père posa sa tasse. Tout le monde fixa Ben d'un air ébahi.

— Ben, qu'est-ce qui te manque encore ? demanda sa mère.

— Là, là regarde !

Et il montra sa braguette ouverte.

— Là !

— La fermeture ne marche plus, dit Holger.

Sa mère plissa les yeux et déclara :

— Va mettre un autre jean, Ben. Mais dépêche-toi.

Son père se mit à rire.

— J'ai l'impression d'être dans un asile de fous.

Ben courut à son armoire, en sortit son autre blue-jean — celui qu'il n'aimait pas. Il était trop grand.

Il traversa la cuisine en courant sans dire au revoir. Qu'ils aillent tous au diable ! La matinée était fichue. Il n'arriva pas en retard. Mais les autres attendaient déjà devant la salle de classe. Où était Anna ? Il n'arriva pas à la trouver tout de suite. Jens le retint par le bras.

— Lâche-moi.

— Pourquoi ?

— Parce que !

Il voulut s'écarter de Jens, mais celui-ci l'étreignit en riant.

— Tu vois pas que je plaisante ?

Pour Ben, ça n'était pas une plaisanterie. Personne ne voulait donc le laisser tranquille ! Pour une raison incompréhensible, tout le monde était contre lui, tout le monde voulait l'énerver et le taquiner.

Il envoya un coup de poing dans le ventre de Jens. Jens se mit à gémir. Il ne pouvait pourtant pas lui avoir fait si mal que ça. Mais cet imbécile en faisait toute une histoire. M. Seibmann allait bientôt arriver et se mettrait sûrement en colère.

— Arrête ! Je ne t'ai pas fait tellement mal !

— Sale boudin ! cria Jens.

— Boudin toi-même ! répliqua Ben en hurlant.

À ce moment-là, il aperçut Anna. Elle se trouvait entre Bernhard et Régine, toute pâle et intimidée. Elle le regardait comme s'il lui avait fait quelque chose. Il repoussa encore un peu Jens et se retrouva tout seul. Un instant plus tard, M. Seibmann fit son apparition. Il ne remarqua pas leur agitation, ouvrit la porte et attendit que tous les élèves soient assis à leurs places. Ben s'assit. Il se sentait un peu sonné. Bon Dieu, pourquoi tout allait-il donc de travers aujourd'hui ? Il décida de ne plus se laisser distraire par rien ni par personne, et de bien écouter le cours.

Impossible. On aurait dit qu'une fourmilière s'agitait en lui. Il aurait bien aimé quitter l'école, foncer dans la cour, dans la rue, flâner dans les champs. Oui, courir, courir, jusqu'à ce que cette désagréable sensation disparaisse.

M. Seibmann parlait d'un ton calme, sans faire de pauses. Il racontait comment, autrefois, s'étaient créés les villages.

— Ben ?

— Oui ?

Voilà que Seibmann le pêchait encore une fois à bayer aux corneilles.

— Comment faisaient les gens avant de construire des villages et de devenir paysans ou artisans ?

La tête de Ben était vide. Il n'arrivait même pas à réfléchir. Il avait l'impression qu'il allait se mettre à flotter. Ce qui n'aurait pas été si mal. Voler dans la classe, décrire un ou deux cercles autour de Seibmann, puis filer par la fenêtre. La chose aurait été signalée dans les journaux : « Sensationnel ! Un écolier volant ! »

Il entendit Régine lui souffler :

— Ils faisaient de la cueillette.

Ben dit :

— Ils faisaient de la cueillette.

Seibmann fronça les sourcils avec élégance et se tourna vers Régine :

— Puisque tu as l'air de le savoir, qu'est-ce qu'ils faisaient d'autre ?

— Ils chassaient.

— Exact. Ils chassaient et faisaient la cueillette. Tu as bien entendu, Benjamin ?

Ben hocha la tête. Hier, il le savait parfaitement. Mais, aujourd'hui, il avait tout oublié.

Bernhard lui donna une bourrade et lui murmura à l'oreille :

— Moi, je trouve Anna pas mal.

À présent, il ne sentait plus de picotements, mais de désagréables démangeaisons. Il aurait voulu cogner sur tout le monde autour de lui.

— Moi, je la trouve quelconque.

Il n'avait pas voulu dire ça. Mais Bernhard changeait tellement vite d'opinion !

Il ajouta tout bas :

— Sale foireux.

Bernhard ne se laissa pas démonter.

— Je sors avec Anna, maintenant, dit-il.

— Eh bien, vas-y, répliqua Ben.

Pendant la grande récréation, il ne joua avec personne. Il regardait Bernhard, Jens et Régine qui chuchotaient entre eux et riaient tout le temps. Bernhard offrit un petit pain à Anna. Celle-ci parut très contente.

« J'ai peut-être la fièvre, pensa Ben. Dans ce cas, je pourrai rentrer à la maison. »

Il fut le premier à revenir en classe. Bernhard se mit à se vanter. Il fallait s'y attendre.

— Tu sais, Anna vient d'une ville qui s'appelle Chat-Clovis.

— Ça n'existe pas.

— Mais si ! Tu n'as pas parlé avec elle, toi.

— Ça fait rien.

— Vous savez, je suis encore là, dit Seibmann.

Il commençait souvent la classe comme ça.

« Il faut que je rabaisse le caquet de Bernhard, pensa Ben. Sinon c'est fichu. Vraiment ! »

Il sortit de son cartable une image autocollante que Holger lui avait donnée. C'était une tête de lune ; une lune qui ne ricanait pas, mais pleurait. Il détacha sous la table l'image de son support. Maintenant, il n'avait plus qu'à attendre. Quand Bernhard se lèverait, il la mettrait à l'envers sur son siège, et Bernhard aurait une lune en pleurs sur le derrière.

Ben dut ronger son frein un bon moment. Finalement, Bernhard fut envoyé au tableau. À son retour, il ne fallait pas qu'il voie ce qu'il y avait sur la chaise. Ben ne put donc poser l'image que quand Bernhard vint se rasseoir. Il la glissa habilement. Et comme Bernhard, ce jour-là, était de service au tableau, il allait sûrement devoir se lever encore. Le plus tôt serait le mieux !

Ben se dit : « Il s'en sera passé des choses, ce matin ! »

Effectivement, Bernhard dut aller essuyer le tableau avant la fin du cours. La lune était

collée en plein milieu de son derrière. Fabuleux ! À chaque pas de Bernhard, le visage faisait une grimace. Ben aurait voulu que le trajet jusqu'au tableau soit deux fois plus long. Mais ça suffisait. La lune faisait des mines grotesques. Tout le monde l'avait vue. Certains élèves commencèrent à pouffer de rire. Bernhard ne comprenait pas de quoi il s'agissait. Il jetait des coups d'œil autour de lui. Quant à Seibmann, il n'avait pas encore pu voir la lune sur son derrière.

— Mais qu'est-ce qui se passe ? demanda l'instituteur.

Personne ne dit mot. Tous les élèves chuchotaient, ricanaient, se mettaient la main sur la bouche. Ben regarda Anna. Elle avait les joues toutes gonflées, le poing pressé sur ses lèvres, et paraissait beaucoup s'amuser.

Ben sentit qu'il n'avait plus de fourmillements. Il était content.

Bernhard n'avait toujours pas réalisé ce qui se passait. Il fit un grand pas en avant, et le visage de la lune eut l'air de pleurer terriblement.

Régine ne put se contenir. Elle se mit à rire d'un rire aigu.

— Ça suffit ! dit M. Seibmann.

Bernhard était à présent complètement désemparé et regardait derrière lui.

— Bernhard danse ! lança Jens.

— Silence ! cria Seibmann.

Finalement, il comprit la cause du tumulte. Il se mit à rire lui aussi.

— Ça c'est drôle ! s'exclama-t-il.

Bernhard regarda Seibmann d'un air interrogateur. Il était tout proche des larmes.

— Ton derrière fait des grimaces, dit M. Seibmann. Viens ici !

Il arracha l'image et la colla au tableau.

— Voilà, dit-il, et il demanda soudain d'un ton coupant : Qui a fait ça ?

Ben tressaillit.

Seibmann était déjà à côté de lui.

— C'est toi, Ben ?

Ben se leva et répondit d'une voix basse :

— Oui.

— Pourquoi ?

Ben resta silencieux.

— Comme ça ? demanda Seibmann.

— Comme ça, murmura Ben.

— Alors tu peux aussi faire « comme ça » tes exercices de maths ici après la classe. Non ?

Tout allait décidément de travers. Même s'il avait joué un bon tour à Bernhard. À présent, il ne pourrait pas parler avec Anna. Mais peut-être viendrait-elle lui dire quelque chose avant de sortir.

Elle ne vint pas.

Elle sortit très vite de la classe en riant avec Régine et ne jeta pas un seul coup d'œil sur lui. Seibmann s'assit près de Ben et le surprit par son amabilité :

— Nous allons faire les exercices ensemble. Tu es un sacré type, Ben.

CHAPITRE IV

HOLGER MOUCHARDE

Le père revint plutôt vanné à la maison. Au début, il ne disait pas un mot. La mère lui servit en silence le repas et le thé. Il avala la tasse d'un trait.

— Le pire, c'était le voyage de retour, dit-il au bout d'un moment. Avec cette pluie !

Ben n'avait pas remarqué qu'il avait commencé à pleuvoir dans la soirée. Il s'était allongé sur son lit, avait rêvassé et bavardé avec Trudi. Holger et sa mère ne l'avaient pas dérangé. Ils avaient sûrement pensé qu'il faisait ses devoirs.

Son père alla dans le living et alluma la télé. Mais, au lieu de la regarder, il se mit à lire le journal.

— Comment s'est passée la journée ? demanda-t-il.

— Tu parles de qui ? demanda la mère en retour.

— Eh bien, de toi et des gosses.

— Beaucoup de cas de grippe, dit la mère. Le cabinet était plein.

— Avec ce fichu temps !

Le père se sentait conforté dans ses opinions.

— Et vous autres ?

— Rien de spécial, répondit Ben.

Maintenant c'était le tour de Holger. Ben se rendit compte qu'il mijotait quelque chose. Holger respira très profondément et se mit à faire l'important.

— Ben a une petite amie. Il me l'a lui-même raconté.

Le père posa son journal.

— Ah oui ?

— Bonsoir, grommela Ben.

— Attends un instant.

Son père parlait sans se moquer.

— Nous la connaissons ?

— Non.

— Il s'agit de Katia ?

Sa mère était toujours terriblement curieuse.

— Non, ce n'est pas elle.

Holger allait encore se mettre à déblatérer. Ben hurla :

— Tu vas fermer ta gueule !

— Allons, les enfants ! s'écrièrent ensemble le père et la mère, qui avaient l'habitude.

— Elle s'appelle Anna. C'est une nouvelle. Voilà tout.

Ben passa près de Holger en le bousculant légèrement. Holger lui sourit désagréablement. Ben alla s'enfermer à double tour dans la salle de bains. Il pouvait entendre Holger expliquer qu'Anna venait de Pologne.

Les parents eurent l'air étonnés. De Pologne ? Comment est-ce possible ?

— Elle doit faire partie de ces familles d'immigrés, dit le père.

Il prononça « ces familles » d'un ton qui déplut à Ben. Il se jura de ne plus leur parler d'Anna. En tout cas pas à Holger. Plus jamais.

Mais, le lendemain matin, sa mère se mit à lui reparler d'Anna.

— Tu sais, on ne veut pas du tout t'empêcher de voir Anna.

— Vous auriez du mal !

— Et je trouve que l'attitude de Holger n'est pas gentille.

— Ça m'est égal, dit Ben.

— Elle te plaît ?

— Elle est très sympa.

— Elle vient vraiment de Pologne ?

— Oui. D'une ville qui s'appelle quelque chose comme Chat-Clovis.

— Tu veux dire Kattowitz ?

— Oui, c'est cela.

Sa mère lui caressa le crâne. Il trouvait que ce n'était pas bien qu'elle fasse ça.

— Invite-la une fois à la maison.

— Je ne sais pas.

Mais sa mère n'avait plus envie de continuer la conversation.

— Tu n'es pas très loquace.

— Non.

Au moment où il allait fermer la porte derrière lui, elle lui cria :

— À part ça, l'oncle Gerhard vient trois jours à la Pentecôte.

Formidable ! Il aimait beaucoup l'oncle Gerhard. C'était une sacrée distraction. Son père disait toujours d'un ton geignard que l'oncle Gerhard était un vrai casse-pieds. Mais c'était quand même son frère aîné. Et un type complètement toqué !

Si Anna le voulait, il pourrait lui parler de l'oncle Gerhard.

CHAPITRE V

LA MAISON D'ANNA

Les travaux pratiques étaient supprimés. Ils étaient libres deux heures plus tôt. Ben courut hors de l'école. Il voulait attendre Anna dans la rue. Il se cacha à l'entrée de la boulangerie. Anna ne venait pas. Elle devait encore traînailler. En revanche, Jens fit son apparition. Il voulait s'acheter des petits gâteaux et des carambars à la boulangerie. Jens était le garçon le plus gourmand de la classe.

— Fiche le camp, dit Ben.

— Pourquoi ? demanda Jens.

— Tu veux te battre ? répliqua Ben.

— Tu es complètement cinglé, dit Jens en disparaissant dans la boutique.

Si Anna venait maintenant, Jens comprendrait qu'il l'avait attendue.

Effectivement, Anna arrivait. Elle marchait toute seule sur le trottoir d'en face et ne pouvait voir Ben. Ça, c'était bien. Mais il fallait que Jens sorte de la boutique. Ben ne pouvait pas rejoindre Anna avant. La vieille boulangère mettait un temps infini à compter les gâteaux.

Finalement, la sonnette de la porte de la boulangerie retentit, et Jens sortit.

— Allez, taille-toi !

Ben donna une bourrade à Jens qui faillit lui faire dévaler les trois marches.

Jens disparut.

Ben le regarda s'éloigner et commença à compter. À vingt, il devait dans tous les cas se mettre à courir, sinon il ne pourrait plus rattraper Anna. Il ne savait pas où elle habitait ni quel chemin elle prenait.

Vingt ! Il fonça et aperçut Anna qui tournait au coin de la rue.

Au moment où il l'avait presque rattrapée, il s'arrêta. Il était tout essoufflé. En outre, il avait soudain peur qu'Anna ne le trouve idiot et ne l'envoie promener. Elle pouvait même se moquer de lui. Elle était parfois très moqueuse.

Il la suivit lentement en gardant ses distances.

« Ça serait bien si elle se retournait », se disait-il.

Mais elle n'avait pas l'air d'y penser. Elle marchait même un peu plus vite. Peut-être avait-elle senti qu'il la suivait.

Il fit un effort sur lui-même. En avant, Ben ! Et en quelques secondes il fut à ses côtés.

— Bonjour, Anna !

— Mais ça n'est pas ton chemin, dit-elle.

Elle faisait comme si elle avait tout le temps su qu'il était derrière elle.

— Non.

— Tu veux faire un bout de chemin avec moi ? demanda-t-elle.

Elle parlait souvent comme une adulte. Il avait remarqué ça dès le premier jour.

— Oui. Où habites-tu ?

— À Kleiberberg.

— Mais...

Ben ne continua pas. Anna termina la phrase qu'il ne voulait pas prononcer :

— Là où il y a les baraquements. Nous habitons dans une baraque. Pas pour longtemps. Papa a fait une demande de logement. Et il aura bientôt du travail.

— Quoi, il n'a pas toujours travaillé ?

— En Pologne, il ne travaillait plus, parce que nous voulions aller en Allemagne. Et ici, il n'a pas d'emploi, parce que nous arrivons de Pologne. Je ne sais pas.

— Mais c'est bête de la part des gens.

— De quelles gens ?

— Ceux qui n'ont pas donné de travail à ton père.

— Papa dit toujours : « Avec nous, les pauvres, on peut faire ce qu'on veut. »

Ben ne sut que répondre. Il fallait qu'il en parle à son père, qui n'avait jamais rien dit de semblable. Mais, dans le cas du père d'Anna, tout semblait différent.

— C'était joli, Kattowitz ?

Ben prononça soigneusement le nom de la ville. Kat-to-witz. Il ne savait pas s'il l'avait bien compris. Et sa mère ne devait pas connaître grand-chose aux villes de Pologne.

— À Katowice ? demanda Anna.

« Ah, se dit Ben, il y avait un *e* en plus. »

— Oui, c'était joli, Katowice, raconta Anna. La montagne n'était pas loin, et nous pouvions jouer près des mines.

— Des mines ?

— Oui, des mines de charbon. On va chercher le charbon très profondément dans la terre. Tu ne savais pas ?

— Si, si, bien sûr.

— Ah bon. Mon papa était mineur. Il descendait chaque jour à la mine.

Il trouvait ça extravagant et se demandait jusqu'à quelle profondeur on pouvait creuser des trous dans la terre.

Anna lui parla de ses amies de Katowice, Sonia et Maria. Ses joues devinrent toutes rouges. Ben la regarda de côté. Il la trouvait belle et très différente des autres filles qu'il connaissait.

— Tu rentres avec moi ? lui demanda-t-elle devant les baraquements, qui semblaient terriblement vieux.

Il secoua la tête.

— Mais je vais te présenter.

Elle parlait de nouveau comme une

grande. Elle le prit par la main. C'était la première fois. Sa main était chaude et un peu poisseuse. Puis elle le fit entrer.

Juste derrière la porte, il y avait la cuisine. Ou la salle de séjour. Et, dedans, une foule de gens. Dans un premier temps, Ben aperçut deux hommes, une femme et trois enfants. Puis il découvrit une poussette avec un tout petit bébé. Il faisait très chaud dans la pièce, avec une odeur de nourriture.

— Qui est-ce ? demanda la femme.

C'était sûrement la maman d'Anna. Elle paraissait elle aussi un peu étrangère.

— Mon ami. Il s'appelle Ben.

Elle avait dit : mon ami.

Ben s'avança vers la femme et lui donna la main.

Puis il salua les hommes, et l'un d'eux, qui était très grand et avait des cheveux presque jaunes coupés en brosse, lui dit :

— Je suis le papa d'Anna.

L'autre homme était un ami du papa d'Anna. Il venait aussi de Pologne. Les enfants observaient Ben avec curiosité. Puis ils se retirèrent dans un coin de la petite pièce et se mirent à chuchoter entre eux.

— Tu veux manger avec nous ?

— Je vous remercie, mais ma mère ne sait pas où je suis. Je dois retourner chez moi.

— Dommage, dit la mère d'Anna.

Il trouvait sa voix particulièrement belle.

Anna le reconduisit dehors.

Là, il lui demanda :

— Où dors-tu ?

— Nous avons une autre pièce, dit-elle. C'est là que nous dormons. Seuls papa et maman dorment dans la cuisine.

— Combien de sœurs as-tu ? demanda-t-il.

— Six. Tu en as vu quatre. Les deux aînées sont dans un internat pour apprendre l'allemand.

— Tu as appris l'allemand comme ça aussi ?

— Je l'ai appris avec papa et maman, expliqua-t-elle.

Elle avait l'air d'en être très fière. Ben trouvait qu'elle avait raison d'être fière.

Il courut pendant tout le chemin du retour.

Des milliers de pensées s'agitaient dans

sa tête. Il se disait qu'Anna l'avait appelé son ami. Qu'on pouvait avoir des cheveux aussi jaunes que le père d'Anna. Qu'on disait *Katowice*. Qu'Anna était vraiment intelligente. Qu'ils devaient dormir à sept dans une chambre. Que ces choses arrivent toujours aux petites gens. Qu'il devait absolument demander à son père pourquoi le papa d'Anna n'avait pas trouvé de travail.

Sa mère était déjà rentrée. Elle travaillait dans le jardin devant la maison.

— Pourquoi reviens-tu si tard ? demanda-t-elle.

— J'ai raccompagné Anna chez elle, dit-il.

Maman hocha la tête et ne demanda plus rien.

Cela le déçut.

CHAPITRE VI

BEN ÉCRIT À ANNA

Ils s'entraînent au football pour la fête de l'école. Les 4e B contre les 4e C. Ben n'est pas un très bon joueur de foot. Ça ne l'intéresse d'ailleurs pas tellement. Il ne se frappe guère quand Jens, le meilleur avant, lui hurle :

— Mais reste donc sur le flanc, espèce de savate !

Seulement aujourd'hui, les filles regardent la partie. Anna est là. Alors Ben fait un effort. Il court mieux que d'habitude, attrape le ballon plus souvent. Mais, quand il arrive à l'intercepter, rien ne va plus. Il trébuche, passe presque par-dessus le ballon, vise mal, shoote dans les pieds du joueur adverse. Quelle malchance ! Il faut quand même qu'il y arrive une fois ! Quand son équipe obtient un corner, Ben s'entête à vouloir shooter. Jens lève les mains au-dessus de sa tête, Bernhard tente de le retenir.

— Laisse le ballon !

— Non, dit Ben, j'y vais.

Il prend son élan, comme il l'a vu faire à la télé, et shoote de telle façon que le ballon, loin d'être envoyé sur le terrain, roule piteusement le long de la ligne et va échouer derrière le but. Jens est hors de lui. Il se jette par terre, agite ses jambes et se met à brailler. Même M. Seibmann lance à Ben un regard plein de réprobation. Mais, le pire de tout, c'est qu'Anna rit. Elle rit même encore plus fort que Régine, dont les moqueries le laissent indifférent. Oui, Anna rit de lui. M. Seibmann dit à Ben :

— Va faire le juge de touche. Jürgen jouera à ta place.

Le voilà laissé en plan. Même comme juge de touche, il ne convient pas, et M. Seibmann doit plusieurs fois lui lancer un avertissement :

— Ouvre donc les yeux, Ben.

Il a beau les ouvrir, il ne voit rien. S'il le pouvait, il se cacherait sous terre. Ah, s'il n'avait pas voulu faire le corner. Maintenant, c'est trop tard. Après la partie, il évite Anna. Elle est aussi bête que Régine et Katia.

Il raconte tout à son cochon d'Inde. Celui-ci ne siffle pas une seule fois, mais l'écoute tranquillement.

Là-dessus, il décide d'écrire une lettre à Anna. Il cherche le papier à lettres qu'il a reçu pour son anniversaire et ne le trouve pas. Il arrache alors une feuille du cahier à spirales. Puis il met une nouvelle cartouche exprès dans son stylo.

Il écrit :

Chère Anna,

Ce n'était pas gentil de ta part de rire. C'est vrai que je ne peux pas jouer aussi bien au football que Jens. Mais, lui, il n'arrive pas encore à nager, alors que moi je nage drôlement bien. Tu aurais donc ri si Jens s'était noyé ? Ça ne m'a pas plu que tu aies ri. Je te demande de ne plus le faire. Parce qu'à part ça tu me plais bien. Et je te demande : Tu veux sortir avec moi ?

Ton Ben.

Holger demande toujours aux filles si elles veulent « sortir » avec lui. C'est donc juste qu'il demande la même chose à Anna.

Pendant la récréation, il glisse la lettre dans le cartable d'Anna. Elle la trouvera sûrement tout de suite.

CHAPITRE VII

BERNHARD REMPLACE ANNA

Tout le monde se réjouit des prochaines vacances de la Pentecôte. M. Seibmann dit :

— Je suis heureux de ne plus être obligé de vous voir et de vous entendre pendant quelques jours.

Bernhard réplique :

— Moi de même, merci !

Pour M. Seibmann, c'en est trop. Il condamne Bernhard à écrire vingt phrases sur ce qui fait plaisir à un instituteur.

— J'en sais très long là-dessus, murmure Bernhard.

Tout le monde se réjouit des vacances. Pas Ben. Anna n'a pas répondu à sa lettre. Elle n'a rien dit, rien écrit. Ben n'arrive pas à comprendre pourquoi. Sa lettre ne lui a-t-elle pas plu ? Elle aurait pu au moins le

lui dire. Alors ? Il sent de nouveau de la tension dans la poitrine et dans le ventre. Comme il en a assez et qu'il ne veut pas penser tout le temps à Anna, il décide de renouer amitié avec Bernhard.

— Tu veux venir cet après-midi chez moi ?

Bernhard est un petit peu étonné. Mais il n'en laisse rien paraître et répond seulement :

— Si tu veux.

Ils s'assoient d'abord à la table de jardin et rangent les petits modèles de voitures que collectionne Ben. Holger lui a donné le sien, et son père lui en offre parfois un. Ben inscrit chaque auto dans une liste, et Bernhard colle dessus une toute petite fiche de couleur avec un numéro. Il trouve d'ailleurs ce travail inutile.

— Il y a toujours une auto abîmée ou perdue.

— Je sais.

— Alors c'est encore plus idiot, déclare Bernhard. On se fait trop de mauvais sang.

Ils parlent des filles de la classe.

Bernhard a le béguin pour Katia. Ben, lui, ne veut pas parler d'Anna. Mais Bernhard en a d'autant plus envie.

— Anna, dit-il, n'est plus aussi idiote. Elle participe à tous les jeux. Et elle ne pleurniche pas comme les autres.

— Je ne sais pas, déclare Ben. C'est quand même une fille.

— Oui, mais pas une petite pleurnicheuse.

— Tu es complètement cinglé !

— Pas du tout.

Ils sont prêts à se disputer, quand la mère de Ben leur propose d'arroser les buissons avec le tuyau.

— Ça sera fait, madame Körbel !

Bernhard fait du zèle.

Mais il ne pense qu'à dire des sottises. La mère de Ben dit en riant :

— Tu parles comme dans un film.

— Tu as entendu, déclare Bernhard, ta mère pense que je devrais jouer à la télé !

Ben n'écoute pas Bernhard et traîne derrière lui le tuyau.

Comme son copain y tient absolument, il le laisse arroser. Bernhard met le tuyau entre ses jambes et fait comme s'il était en train de pisser.

— Regarde, Ben ! crie-t-il.

Ben ne regarde pas.

— Tu n'es vraiment pas drôle, tu sais !

— Possible.

Bernhard frétille joyeusement du derrière.

— Regarde ! Maintenant je suis un éléphant !

— Arrête un peu, dit Ben.

Mais Bernhard a déjà une autre idée. Il y a une poubelle vide devant la maison des voisins, les Leibel, qui ne rentrent chez eux que le soir.

Bernhard saute par-dessus la haie, tire le tuyau derrière lui.

— Viens, Ben ! On va remplir ce machin d'eau ! Et quand quelqu'un voudra le porter...

Bernhard se tord de rire d'avance. Ben trouve, lui aussi, l'idée comique.

Bernhard fait couler l'eau dans l'énorme poubelle. Ben veille à ce que personne ne les surprenne. Surtout les Leibel.

— Bon Dieu, elle est drôlement grande.

Bernhard glousse de joie. L'eau coule depuis longtemps déjà, et la poubelle n'est qu'à moitié pleine.

— Ça suffit pas ! demande Ben.

— Non.

Bernhard est décidé à finir son travail.

— Il y en a autant que dans une baignoire.

— Presque.

— Non, bien plus !

— Autant que dans une baignoire et demie.

Ils s'excitent tous deux mutuellement. Ben trouve qu'il a bien fait de redevenir copain avec Bernhard.

Finalement, la poubelle est pleine à ras bord.

— Mets le couvercle, ordonne Bernhard.

— Viens, on va essayer de la soulever, dit Ben.

— On n'y arrivera jamais.

Bernhard a raison. Ils ont beau tirer sur les poignées, la poubelle est aussi lourde qu'un bloc de pierre.

Ils disparaissent en hâte derrière la haie. Ben enroule le tuyau.

— Tu pourras arroser les autres buissons demain, déclare Bernhard.

Puis ils attendent les Leibel.

Ils n'ont pas longtemps à patienter. M. Leibel arrive.

C'est une « grosse légume » des Chemins de fer, comme dit le père de Ben. À vrai dire, il n'a pas l'air du tout d'une « grosse légume ». On dirait plutôt un petit navet triste. Il est petit, gros, porte toujours des complets gris fripés et traîne sans cesse avec lui une énorme serviette noire.

Pour son anniversaire, Ben reçoit régulièrement un cadeau de Leibel. Soit un stylo bille, soit un calendrier, sur lesquels il y a toujours écrit *Chemins de fer allemands*. La dernière fois, M. Leibel lui a offert un cendrier des *Chemins de fer allemands*.

— Quelle prescience ! a dit le père de Ben. Le cadeau rêvé pour un grand fumeur comme toi !

M. Leibel passe devant le garage et s'approche à petits pas énergiques de la poubelle. Elle atteint presque la hauteur de sa poitrine. Il la tire. Les deux enfants entendent la poubelle grincer. M. Leibel tombe

sur les genoux en hurlant : « Aïe ! aïe ! » Mais tout aussitôt il se relève, ôte le couvercle, regarde à l'intérieur d'un air stupéfait, remet le couvercle et frappe la poubelle avec ses beaux souliers noirs. Puis il tourne sur ses talons et s'avance à petits pas courts dans leur direction.

— Il ne peut sûrement pas nous voir, murmure Bernhard.

M. Leibel appuie très fort sur le bouton de la sonnette. On voit bien qu'il aurait préféré faire un grand trou dans le mur.

— J'arrive ! J'arrive ! crie la mère de Ben dans la maison.

Elle ouvre la porte et s'étonne :

— Ah, c'est vous, monsieur Leibel.

Ce dernier est tellement furieux qu'il n'arrive pas à dire un mot. Trois fois de suite, il fait :

— Hum ! hum ! hum !

La mère de Ben remarque qu'il est en colère, mais lui dit d'un ton plutôt calme :

— Je vous prie de bien vouloir entrer.

La porte se referme sur eux.

Bernhard dit :

— Moi, je fiche le camp.

Ben reste assis sous un buisson et imagine aisément ce que M. Leibel est en train de raconter à sa mère.

L'explication dure longtemps. Sa mère a dû certainement s'employer à calmer la colère de l'homme. La porte s'ouvre. Ben se fait tout petit derrière le buisson. M. Leibel marche fièrement sur les graviers. Il a gagné. La foudre va s'abattre sur Ben.

— Ben !

Sa mère n'a pas attendu une minute.

— Oui ?

Il répond à voix tellement basse que sa mère l'appelle encore une fois, plus fort :

— BEN !

Elle l'attrape dans l'entrée.

— Qu'est-ce que tu as encore fabriqué ?

— Moi, je...

— Comment as-tu pu faire une chose pareille ?

— Moi, je...

— Tu sais pourtant que nous avons des problèmes avec les Leibel ! Que ce sont des gens terriblement tatillons et mesquins !

— Moi, je...

— Arrête donc ton « moi, je », espèce d'idiot !

— Mais je...

— M. Leibel s'est fait mal. Il va peut-être devoir aller à l'hôpital.

— Mais nous, nous...

— Pourquoi dis-tu « nous, nous... » maintenant ?

— Bernhard et moi, nous avons seulement...

— Vous avez fait une très vilaine blague, voilà tout.

— Mais nous voulions seulement...

— Vous ne vouliez pas faire de mal à M. Leibel. Je sais. J'espère que ça n'aura pas de suites, dit sa mère d'un ton plus calme.

— Je n'avais pas pensé, Grete...

— Quoi ?

— Que Leibel se blesserait.

Sa mère lui donne une bourrade.

— Va dans ta chambre. Tu y resteras jusqu'au dîner. La prochaine fois, invite donc Anna à la maison au lieu de Bernhard. Elle ne fera pas de bêtises comme ça, elle.

Voilà que sa mère recommence avec Anna. Il avait pourtant invité Bernhard pour oublier Anna.

CHAPITRE VIII

ANNA RÉPOND

Le dernier jour avant les vacances, Anna posa une feuille sur la table de Ben. Elle le fit tout à fait ouvertement. Les autres se mirent à ricaner. Ben mit sa main dessus et l'enleva lentement.

— Il faut que tu lises tout de suite ! lui lança Anna.

M. Seibmann entra dans la salle de classe. Ben fourra en vitesse le mot dans sa poche.

— Mais ! dit Anna très fort d'un air mécontent.

— Mais quoi ? demanda M. Seibmann.

— Anna a écrit une lettre à Ben ! crièrent les élèves tous à la fois.

— Ah oui ! Et alors ?

M. Seibmann réagissait comme si Ben recevait tous les jours un mot d'Anna.

Anna se leva. Elle ne prêtait aucune attention au vacarme qui régnait dans la classe.

— Il l'a mise dans sa poche et ne l'a pas lue.

À présent, M. Seibmann avait compris.

— Voilà pourquoi tu disais « mais »... Eh bien, Ben, lis donc ta lettre. Et silence, vous autres !

Ben sortit la lettre de sa poche, la déplia. Il avait honte. Pourquoi Anna ne lui avait-elle pas remis son mot à la récréation ? D'abord elle le faisait attendre, puis elle le faisait passer pour un benêt.

— Lis-la ! Lis-la tout haut ! crièrent les élèves.

— Silence ! hurla de nouveau M. Seibmann. Vous ne savez donc pas que la correspondance est une chose privée ? Allons ! On commence ! Sortez vos livres de lecture. Puisque vous voulez de la lecture...

Ben lut la lettre. Elle n'était pas longue.

Cher Ben,

J'ai bien reçu ta lettre. Je la trouve belle. Je trouve beau aussi ce que tu me dis. Est-ce que tu pars pour les vacances ? Ou est-ce que nous pourrons faire quelque chose ensemble ?

Ton Anna.

Ben sentait qu'Anna le regardait fixement pendant qu'il lisait.

— Fini ? demanda M. Seibmann.

— Oui, répondit très bas Ben.

— Alors tu peux te mettre à travailler. Tu diras à Anna dans deux heures ce que tu penses de sa lettre. D'accord ?

Ben hocha la tête.

Il avait la tête en feu. Bernhard chuchotait. Ben ne le comprenait pas, et ne voulait pas comprendre. Il n'arrivait pas non plus à bien suivre le cours. M. Seibmann ne lui fit pas d'histoires. Ben trouva ça très chic de sa part.

Il se demandait s'il devait sortir de la classe avec Anna pendant la récréation, ou s'il ne valait pas mieux courir seul dans la cour et l'attendre là-bas. Comme ça, les autres se moqueraient moins de lui.

Anna le prit de vitesse. Elle se mit sur son chemin et lui demanda, sans se soucier de son embarras :

— Alors, tu pars en vacances ?

Ben ne put pas dire un mot et se contenta de secouer la tête.

Elle le prit par la main et l'entraîna.

— Formidable ! Demain tu es invité chez nous. Papa et maman veulent que tu viennes déjeuner. Chez nous, en Pologne, on s'invite à manger.

— Mais nous ne sommes pas en Pologne, dit Ben.

Il arrivait enfin à reparler.

— Tu me trouves bête ?

Anna se mit à rire malicieusement.

— Je dois demander la permission.

— Fais-le.

— Et après il faudra que tu viennes à la maison, Anna.

— Bien sûr.

— Quand oncle Gerhard viendra, on fera sûrement une excursion.

— Où ça ?

— Je ne sais pas encore.
— En auto ?
— Et comment veux-tu aller en excursion ?
— Ça fait longtemps que je ne suis pas allée en voiture, dit Anna.
— Vous n'avez pas de voiture ?
— Non. Papa doit d'abord trouver du travail.

Soudain, elle le prit dans ses bras et se pressa contre lui. Tout le monde put les voir dans la cour de l'école. Puis elle s'éloigna en faisant de petits bonds. Ben était complètement abasourdi.
— À demain ! lui cria-t-elle.
— Mais on peut encore se parler après l'école...
— Pas possible ! Maman m'attend !
— Elle t'a embrassé ? demandèrent Jens, puis Bernhard.
— Non ! non ! non !
Ben trépignait de colère.
Pourquoi avait-elle agi ainsi ? De toute façon, ç'avait été très beau.

Il demanda à sa mère, avant qu'elle ne parte travailler, s'il pouvait aller le lendemain déjeuner chez Anna.

Sa mère ne voulait pas.

— Ces gens ont à peine de quoi vivre, dit-elle.

— Mais les parents d'Anna sont d'accord.

— Eh bien, vas-y, déclara sa mère. On dit toujours que les Polonais sont hospitaliers.

— Mais ce ne sont pas des Polonais, corrigea Ben.

— Comme tu veux, répondit sa mère.

L'après-midi, il s'enferma dans sa chambre. Holger ne vint pas le déranger : il devait aller jouer au ping-pong.

Ben s'assit à son bureau et écrivit lentement, phrase après phrase :

Anna n'est pas aussi grande que moi.
Anna est allemande et vient de Pologne.
Mais elle est allemande.
Anna vient de Katowice, avec un e *à la fin.*
Anna a des cheveux noirs et une grosse natte.
Anna est différente des autres filles.

Anna a un beau visage. À cause de ses yeux.
Sûrement, j'aime Anna.
J'aime beaucoup Anna.
Anna m'a presque embrassé.
Anna a vraiment les plus beaux yeux qui soient.

Quand Ben relut ce qu'il avait écrit, il eut honte de lui et jeta la feuille dans la corbeille à papier.

Aujourd'hui, il n'avait pas de devoirs à faire. Pendant une semaine ! Il emporta Trudi dans sa caisse au jardin. Il n'avait pas encore parlé du cochon d'Inde à Anna. Ça l'amuserait sûrement.

CHAPITRE IX

BEN SE FAIT BEAU

Le lendemain matin, Ben se réveilla très tard. Sa mère l'avait laissé dormir. « Il doit bien profiter de ses vacances », avait-elle dit la veille au soir. Même Holger n'avait pas pu le réveiller avec sa chaîne hi-fi poussée au maximum. Mais, à présent, sa mère était entrée dans la chambre.

— Le soleil brille ! Le petit déjeuner attend !

— Ouh ! la, la ! Grete !

Il s'étira, et sa mère faillit le chatouiller pour le tirer du lit.

Il se souvint de l'invitation d'Anna. « Je dois partir tout de suite. Je dois aller au déjeuner chez Anna. Elle m'attend sûrement déjà. »

Sa mère leva les stores, et la lumière du soleil fit cligner les yeux de Ben.

— Mince, s'écria-t-il, on dirait l'été !

— Justement, dit sa mère. Et toi, tu dors comme une tortue en hiver ! Mais ne t'inquiète pas. Il est dix heures. Tu as encore deux heures devant toi. Tu n'as pas oublié que l'oncle Gerhard vient demain ?

— Mais non.

Holger avait déjà sorti tout son fourbi électronique afin que l'oncle Gerhard puisse le régler.

— Pourvu qu'ils ne passent pas tout leur temps à bricoler !

Quand l'oncle Gerhard se plongeait dans la mécanique, seule leur mère parvenait à l'arrêter.

— Va d'abord mettre Trudi dans le jardin, dit-elle. Il sent mauvais.

Ben fila dans le jardin, s'assit dans l'herbe, exposa son visage au soleil. Il y avait un petit vent léger et frais. Comme il se sentait bien ! Pas d'école ! Un temps formidable ! Le déjeuner chez Anna ! À la pensée de voir les parents d'Anna et les autres gens, il avait cependant un peu le trac. Holger ouvrit sa fenêtre, se mit à rire et lui cria :

— Espèce d'endormi !

— Toujours à chercher la bagarre ! lui rétorqua Ben.

Mais Holger était d'aussi bonne humeur que lui ; il cessa de l'insulter, et envoya voler en l'air, au-dessus du gazon, un oiseau en papier.

Ben se leva d'un trait. À partir de ce moment-là, tout alla comme sur des roulettes. Il prit un grand bain. Se lava les cheveux. Se coupa les ongles. Se sécha les cheveux. Il mit son blue-jean préféré et sa grande chemise. Prit de l'eau de toilette de son père et s'en aspergea le front et les joues. Puis il alla s'asseoir à la table de la cuisine, enleva le couvercle de la cafetière, se versa une tasse de café, mit de la confiture sur son pain et mangea en toute tranquillité.

L'arrivée de Holger mit fin à cette belle tranquillité. Holger resta figé sur place, contempla Ben d'un air ahuri, leva ses mains en l'air, ouvrit la bouche et joua les étonnés.

— Grete ! Grete ! Viens ! Mais vite ! Il faut que tu voies ça ! Ça ne se verra

pas deux fois ! Mon petit frère ! Je n'en peux plus !

Sa mère ne se le fit pas dire deux fois. Elle joignit également les mains et le regarda, sidérée, comme si Ben eût été Superman en personne.

— Je crois rêver, dit-elle en soupirant. Tu t'es toi-même lavé la tête et tu as pris un bain si tard le matin ?

— Laissez-moi en paix, grommela Ben en regardant dans sa tasse.

— Ah non, non ! non !

C'était sa mère qui parlait.

— Ça alors, il embaume ! une vraie boutique de fleuriste !

C'était Holger.

— Je m'en suis rendu compte.

C'était sa mère.

— Dis-moi... Dis-moi...

Maintenant, Holger et sa mère déblatéraient en chœur.

— Aurais-tu employé mon parfum ?

C'était encore sa mère. Elle renifla tout près de lui.

— Non, c'est l'eau de toilette de Horst, constata-t-elle. C'est ça ?

Ben hocha la tête presque imperceptiblement. Il s'était glissé sur le rebord de sa chaise et avait décidé de filer en vitesse à la barbe des deux autres.

Holger n'en revenait pas :

— L'eau de toilette de papa ! Incroyable ! Je n'en peux plus. Tu t'es rasé aussi ?

— Ouiii ! hurla Ben, qui en trois pas se retrouva dehors.

— Arrêêête ! cria sa mère derrière lui. J'ai un bouquet de fleurs pour la mère d'Anna. Attends !

— Pas besoin !

Holger éclata de rire :

— En effet ! Le bouquet de fleurs, c'est lui !

CHAPITRE X

DES TRIPES ET DE LA SURPRISE D'ANNA

Anna fit la même observation :

— Oh, tu t'es fait beau ! Tu n'aurais pas dû te donner cette peine pour nous.

Elle portait elle-même un pantalon en velours côtelé qu'elle n'avait jamais mis à l'école.

Anna le fit entrer. Il sembla à Ben qu'il y avait encore plus de gens dans la pièce que l'autre fois. Il ne se donna pas la peine de les distinguer. Il connaissait déjà M. et Mme Mitschek.

Tout le monde se tut un instant. On le regarda et on le salua. Puis ils recommencèrent à parler entre eux, en polonais et en allemand. Ben se sentit bien. Il aimait cette ambiance joyeuse et bruyante.

Il pensa : « Anna est pauvre. Mais elle est quand même bien, parce que les siens sont différents. »

Deux grandes marmites fumantes étaient posées au milieu de la table. Il y avait aussi un plat avec des pommes de terre. M. Mitschek servit chaque personne. Ben d'abord.

— Tu en veux beaucoup ? lui demanda-t-il.

Comme Ben hésitait, il mit dans son assiette un tout petit peu de nourriture, avec une demi-pomme de terre.

— Si ça te plaît, tu en reprends.

C'était une sauce brun clair, très épaisse, avec de petits morceaux de viande blanche. La sauce paraissait un peu aigre, mais elle était bonne. La viande aussi. Ben n'osait pas demander ce qu'il mangeait.

Quand Anna lui adressa la parole à l'improviste, il tressaillit, manqua sa bouche avec la fourchette et se piqua le nez.

— Ce sont des tripes, tu sais.

Il hocha la tête, continua à mâcher. Son nez lui faisait mal. Des tripes ! Sa mère

disait toujours qu'elle pouvait cuisiner et manger de tout — sauf les tripes.

— C'est bon, dit-il.

— Tu en veux encore, Ben ? demanda Mme Mitschek.

Il accepta une seconde portion, plus abondante. Grete n'avait donc pas toujours raison. Après le repas, Anna lui demanda :

— Tu veux voir où je vais toujours me cacher ?

— Bien sûr, répondit-il.

Ils coururent sur le grand terrain sale qui s'étendait devant les baraquements, puis suivirent un sentier étroit entre de petits jardins.

Anna connaissait bien les lieux. Ben se dit : « Elle doit toujours être en train de courir par là. » Il se sentait vaguement envieux ou jaloux.

Le chemin se terminait devant une voie de chemin de fer. Les rails étaient rouillés, l'herbe poussait entre les traverses.

Anna se mit à bondir devant lui sur les traverses. Elle lui fit signe de venir. Tout semblait soudain à Ben immensément vaste.

Il courut derrière Anna, essaya de sauter par-dessus les traverses, sans y parvenir.

— Ouh ! Ouh ! cria-t-il en levant les bras en l'air.

— C'est beau, ici, non ? dit Anna. Tu vas avoir bientôt une surprise.

La surprise était cachée derrière des broussailles, mais juste à côté de la voie : une petite maison en bois, plus haute que large. On y avait probablement entreposé autrefois des outils. Ou peut-être avait-elle servi d'abri aux gardes-voie quand il faisait mauvais temps.

Anna s'arrêta devant et dit :

— Attends-moi, Ben. Je dois aller voir si tout est en ordre.

— C'est à toi ? demanda Ben.

— Oui, répondit fièrement Anna.

— Bon, j'attends.

Il l'entendit s'agiter à l'intérieur de la maisonnette. Au bout d'un moment, elle ouvrit la porte et l'appela :

— Veuillez vous donner la peine d'entrer, cher monsieur !

Sur le plancher, on voyait un vieux matelas à moitié dissimulé par une couverture bariolée. Il y avait même une chaise et une étagère. Sur l'étagère étaient posés deux albums de *Mickey*, ainsi que cinq boîtes à thé bosselées bien alignées.

Anna prit dans l'une des boîtes un morceau de chocolat. Elle s'assit sur le matelas. Ici, Anna paraissait beaucoup plus sûre d'elle qu'à l'école. Cela plut à Ben.

Il s'assit à côté d'elle. Ils mangèrent ensemble le chocolat. Il ne savait pas de quoi il devait parler. Anna commença à parler de sa lettre à lui.

— C'est vrai, ce que tu m'as écrit ?

— Quoi ?

— Que tu m'aimes bien ?

— Oui, c'est vrai.

— Moi aussi, je t'aime bien.

Il n'osait pas la regarder, mastiquait son chocolat.

— Vraiment ? demanda-t-il.

— Oui, dit-elle, vraiment.

— Je suis fatiguée, déclara-t-elle alors en s'étendant sur le matelas. Couche-toi aussi, Ben.

Ils restèrent ainsi l'un à côté de l'autre un moment. Ben tournait le dos à Anna.

— Eh, tourne-toi donc !

Il se retourna, et son visage se trouva tout contre celui d'Anna. Elle respirait ; il pouvait sentir son haleine sur ses joues et sur son front. Il ferma les yeux. Elle caressa avec son doigt le front de Ben, puis soudain ses lèvres. Ça le chatouilla.

— Attention, je vais te mordre.

— Vas-y, dit-elle.

Sans ouvrir les yeux, il l'attira à lui et la mordit.

— Aïe ! mon bras ! cria-t-elle.

Il rit.

— Tu es toute chaude, dit-il.

— Mais maintenant on va dormir, déclara-t-elle.

— Je ne suis pas fatigué.

— Moi non plus.

Anna se mit à rire, fit un grand bond et sauta par-dessus lui.

— Viens, Ben, on va s'asseoir dehors sur les rails et lire *Mickey*. Tu veux bien ?

Il était prêt à faire tout ce qu'elle voulait.

Il y avait certaines bandes dessinées qu'il ne connaissait pas. Ils se serrèrent l'un

MICKEY

contre l'autre, riant de certaines images. Quand Anna riait, il sentait son haleine. Plusieurs fois, il posa son bras sur ses épaules, puis le retira. Il se sentait très maladroit dans ces moments-là.

— Il faut partir.

Anna se leva, replaça les bandes dessinées sur l'étagère, arrangea les plis de la couverture et ferma énergiquement la porte.

Cette fois-ci, ils ne coururent pas, mais marchèrent lentement sur la voie.

— Tu ne viens pas ?

— Non, je dois rentrer.

Elle s'arrêta, cligna des yeux et dit :

— Mais il faut que tu me donnes un baiser.

Il l'embrassa à toute vitesse, effleurant son nez avec ses lèvres et, tout à la fin, sa bouche.

— Pouh ! dit Anna.

— Demain tu viens chez nous, déclara-t-il.

— Si je peux.

— À demain. Salut !

Il courut devant elle, traversa le terrain devant les baraquements et ne se retourna pas une seule fois. Comme il ne faisait pas attention, il trébucha dans la rue et tomba. Ses mains étaient éraflées et lui faisaient mal. « Merde ! » grommela-t-il en serrant ses poings. Cela lui fit encore plus mal.

CHAPITRE XI

DEUX VISITEURS

Holger fut le premier à accueillir l'oncle Gerhard. Ben n'était pas content. Il s'était juré de le voir avant lui.

Mais Holger s'était levé encore plus tôt que d'habitude. Ben décida donc de rester plus longtemps au lit. Il entendit la voix de son père. Celui-ci ne travaillait pas pendant la Pentecôte. Toute la famille était réunie. Et l'oncle Gerhard qui venait aussi ! Il l'avait une fois décrit dans une rédaction. Mais M. Seibmann avait cru à une invention de sa part. Un homme aussi drôle ne peut pas réellement exister !

Effectivement, l'oncle Gerhard riait beaucoup. Personne ne riait comme lui. En riant, il aspirait plein d'air et faisait un bruit continu du genre de : Ouik ! ouik ! ouik !

On aurait dit qu'une truie grognait dans le jardin. Ouik !

Dans sa rédaction, Ben décrivait son oncle à peu près ainsi : « Oncle Gerhard est le frère aîné de papa. On a de la peine à le croire. Quand on se promène avec oncle Gerhard, tout le monde le regarde. Oncle Gerhard mesure deux mètres ; il est extrêmement maigre. Il marche le dos voûté et a l'air d'un oiseau. Quant à ses bras, ils sont également trop longs et trop maigres. Et sa tête est un peu trop petite. Ses cheveux gris sont toujours coupés en brosse. Il porte souvent des blue-jeans et des vestes de toutes les couleurs, ce que maman trouve complètement fou. Mais ce qu'il y a de plus fou chez lui, c'est sa voix. Elle n'est ni faible ni aiguë, mais très profonde et très forte. Oncle Gerhard est chimiste, mais en vérité il est inventeur. Il dit : "J'invente des choses dont personne n'a besoin." C'est ce qu'il y a de plus beau. Mais, la dernière fois qu'il est venu chez nous, il a de nouveau essayé une de ses inventions. Nous étions en train de prendre de la soupe. Oncle Gerhard a jeté un petit grain dans la soupe. Celle-ci s'est

transformée “en cinq sec”, comme il dit. Soudain, il n'y avait plus qu'une masse de grumeaux. Pour tous les enfants qui n'aiment pas la soupe, a-t-il affirmé, cette invention est une bénédiction. Maman a drôlement râlé. Moi, je trouve oncle Gerhard génial. »

De fait, la maman de Ben avait toujours quelque chose à critiquer quand venait oncle Gerhard. « Pourvu qu'il n'y ait pas d'histoires pendant ces vacances, pensait Ben. Ça serait dommage. »

— Tu ne comprends pas ! Tu ne comprends pas !

Son père ne pouvait pas tenir en place.

Ben bondit du lit et courut dans le jardin.

Oncle Gerhard l'appela :

— Le voilà enfin, le roi-des-loirs, le court-partout, le petit-prince-bancal, le globe-trotter-lambin ! Hourra !

Il étreignit Ben avec ses interminables bras et lui demanda d'une voix douce et amicale :

— Ça va bien, Ben ?

— Hum...

— Il faut que tu voies ça, Ben ! s'écria Holger. Un arbre qui pousse dans un seau ! C'était une éponge ou un truc comme ça au début ! Il a grandi à une de ces vitesses !

— Oui, au commencement, il n'y avait rien. Et maintenant il est déjà gros.

— Mais c'est inquiétant !

— Rien que de la très ordinaire sorcellerie, grommela oncle Gerhard.

— Quelle taille va atteindre cette chose ? demanda la mère, inquiète.

Oncle Gerhard fronça les sourcils.

— Ma foi, à peu près la hauteur de la cathédrale de Cologne.

— Tu es pire qu'un enfant, dit la mère.

— Les enfants sont-ils donc mauvais ? demanda oncle Gerhard en arrivant malgré tout à la faire rire.

— Bon, bon, je renonce.

Comme Ben l'avait prévu, Holger, oncle Gerhard et son père allèrent bricoler. Oncle Gerhard se frottait les mains.

— Voyons s'il n'est pas possible de fabriquer un oiseau mécanique qui chante tout le temps.

— Je vous en prie !

La mère de Ben appelait presque à l'aide.

— Oh, un oiseau qui chante très très doucement, ajouta oncle Gerhard d'un ton rassurant.

Ben avait encore des tas de choses à faire. Il voulait ranger sa chambre, nettoyer la caisse de Trudi. Tout cela à cause d'Anna.

On entendit au bout d'un moment dans la chambre de Holger un vrai pépiement, très faible, mais continu.

Anna arriva beaucoup trop tôt. Comme Ben, elle s'était faite belle. Elle apportait un bouquet de fleurs pour sa mère. Ben trouvait ça exagérément solennel. Mais Anna y prenait apparemment beaucoup de plaisir. Quand elle tendit le bouquet à sa mère, elle fit une révérence, et Ben eut un peu honte d'elle. Sa mère regarda Anna d'un air rayonnant et lui demanda : « Veux-tu venir avec moi chercher un vase pour les fleurs ? » Anna était tout feu tout flamme. Elles disparurent dans la cuisine. « Anna revient tout de suite », dit encore sa mère. Comme si ç'avait été une consolation. Anna venait lui rendre visite à lui, pas à sa mère. Ou quoi ? Ben s'assit sur le rebord de la fenêtre de sa chambre et attendit. Plutôt longtemps. Sa mère et Anna bavardaient comme de vraies pies. Quand Anna frappa à sa porte, il eut un sentiment de joie inhabituel. Il ouvrit. Anna parut étonnée un instant.

— Formidable !

Elle aperçut Trudi et se jeta sur lui.

— Comme il est mignon !

— C'est Trudi.

Anna se mit à parler à Trudi, et Ben à Anna. Il ne savait pas très bien de quoi. Anna caressait Trudi et observait la chambre de Ben.

— Tu as une jolie chambre.

— Oui, dit-il.

Il n'osa plus rien dire, car il se demandait si Anna en aurait un jour une aussi belle. « Ça n'est pas bien, pensait-il, que le père d'Anna n'obtienne pas de travail. Ça n'est pas bien qu'on lui fasse tant de difficultés juste parce qu'il vient de Pologne. »

Anna demanda si elle pouvait voir toute la maison. « Et le jardin ! » compléta Ben.

Il la conduisit partout. Elle était de plus en plus étonnée. Cela rendit Ben de plus en plus triste. Finalement, il lui dit doucement :

— Tu en auras une comme ça aussi.

Elle ne répondit pas : Quand papa aura du travail. Ou encore : Nous en aurons une bientôt.

Non. Elle lui dit :

— À Katowice, c'est plus petit, mais beaucoup plus joli que chez vous.

— Tu aimerais retourner en Pologne ? demanda-t-il.

— Je ne sais pas. Maintenant nous sommes ici.

Il présenta Anna à son père, à l'oncle Gerhard et à Holger.

Holger observa Anna d'un air un peu moqueur, mais on voyait bien qu'elle lui avait plu.

L'oncle Gerhard surprit Anna avec la question suivante :

— Tu aimerais entendre siffler un cochon d'Inde électronique ?

Anna n'eut pas le temps de répondre : déjà l'appareil s'était mis à siffler sur la table. Oncle Helmut se réjouissait de l'étonnement d'Anna, agitait ses grands bras. Ben, lui, avait peur qu'il ne se mette à pleuvoir du plafond ou que de l'herbe ne pousse sur le tapis.

Après, ils s'assirent dans le jardin, près du réservoir d'eau, jusqu'à ce que la mère les appelle pour le déjeuner. « Aujourd'hui, pensait Ben, il fait si chaud qu'on pourrait aller se baigner. »

Alors que tout le monde s'apprêtait à s'asseoir à table, sa mère déclara :

— Quel temps merveilleux !

Oncle Gerhard avait mis la table « de façon tout à fait personnelle ». La mère regardait d'un air inquiet. Elle s'attendait à une explosion ou à quelque chose de semblable. Oncle Gerhard fit comme s'il ne pouvait pas faire pousser un arbre dans de l'eau ni construire de Trudi électronique. Il se mit à parler avec le père des ponts que l'on trouve dans les campagnes, sans routes qui y mènent.

— Vous les construisez pour vous amuser ?

— Mais non, il y a un plan. On fait les routes après.

— Moi, dit en riant oncle Gerhard, je crois que ce sont des ponts-monuments !

La mère demanda à Anna de lui passer son assiette à soupe. Là, il se produisit une drôle de chose ! À peine la soupe toucha-t-elle le fond de l'assiette que le liquide se mit à gargouiller, à bouillir et à faire toutes sortes de petits bruits incroyables. Cric ! crac ! cruc ! pschtt ! pfft ! cricht ! creccrec ! shhh !... La mère écarta l'assiette très vite.

— Gerhard ! gémit-elle.

Oncle Gerhard contempla, abasourdi, l'assiette qui gargouillait.

— Je ne croyais pas que ça pouvait faire tant de bruits différents. Ça doit être l'effet de la chaleur. Formidable !

Tout le monde se mit à rire, sauf la mère. Le père de Ben jeta cependant un coup d'œil à la dérobée à Grete. Celle-ci frappa la table avec son poing.

— Ça suffit ! Tant de bêtise chez un homme adulte, c'est insupportable ! Gerhard, je te prie d'enlever les assiettes et d'aller les laver !

— Mais ces cristaux sont inoffensifs et sans goût. On peut manger la soupe quand même...

— Je t'en prie !

Elle fut inflexible.

Oncle Gerhard, maintenant, jouait les contrits. C'était également un excellent comédien. Son visage s'emplit de rides comme une vieille pomme. Lorsqu'il alla porter à la cuisine la pile d'assiettes, son dos et ses jambes étaient plus courbés que jamais. Il ressemblait à un énorme pantin.

On entendit de nouveau des gargouillements, des craquements et des crissements dans la cuisine.

— Il est incorrigible, dit la mère.

— Moi, déclara Holger, je le trouve formidable !

Anna et Ben lui donnèrent raison.

Le déjeuner se poursuivit sans autre incident. Le père proposa d'aller au lac artificiel non loin. Tout le monde fut d'accord.

Oncle Gerhard dut jurer de ne plus rien manigancer, au moins pour cet après-midi-là. Il regarda la mère bien droit dans les yeux, baissa le ton et chuchota : « Je le jure. » Puis il divisa la famille en deux « fournées ». Anna et Ben devaient aller avec lui.

— Avec ta façon de conduire !

La mère n'était contente de rien.

Le père posa sa main sur son épaule pour la calmer.

Oncle Gerhard ne voulut pas changer d'avis. Il déclara :

— J'ai conduit cinq cent mille huit cent vingt et un kilomètres et six cent quatre-vingt-douze mètres sans accident, chère belle-sœur. Tu peux me confier sans crainte ce couple charmant !

Anna et Ben durent s'asseoir à l'arrière. Ils se serrèrent l'un contre l'autre au milieu de la grande banquette.

Oncle Gerhard les épiait souvent dans le rétroviseur. Au bout d'un moment, il leur dit :

— Vous savez, vous avez l'air de deux petits oiseaux sur un perchoir.

— Bouh ! grommela Ben en s'écartant un peu d'Anna.

Celle-ci vint se blottir de nouveau contre lui.

CHAPITRE XII

ANNA ET BEN VONT NAGER

Le père voulait absolument faire une promenade d'au moins deux heures. La mère de Ben l'appuyait. Holger boudait. Toujours ces marches familiales à la queue leu leu dans la campagne... Il voulait rester au bord du lac. Anna et Ben aussi. Oncle Gerhard ne s'intéressait pas à ces querelles. Il faisait des flexions et profitait à sa manière du bon air.

Mais le père ne céda pas, et ils durent le suivre de mauvais gré. Au bout de quelque temps, l'humeur des promeneurs s'améliora. Holger taillait des flèches avec son couteau. Anna et Ben bavardaient avec oncle Gerhard. Celui-ci leur racontait des choses incroyables. Par exemple, qu'il avait été l'un des rares spécialistes choisis pour essayer le tube alimentaire des astronautes avant leur vol. Oncle Gerhard se souvenait particulièrement bien de la pâte couleur lilas destinée au repas du soir. Elle avait un goût de lièvre rôti, de rollmops, de gâteau aux pommes et de chewing-gum. Tout en même temps !

— Voilà pourquoi je suis si maigre. C'est clair, non ?

Ils ne croyaient pas un mot de ce qu'il racontait, mais l'écoutaient avec plaisir.

— Mais pourquoi n'es-tu pas marié ? demanda Ben.

— Parce que le mariage me fait peur.

La réponse surprit énormément Ben.

— Toi... tu as peur ?

Oncle Gerhard s'arrêta et enfonça le bâton que Holger lui avait taillé dans le sol de la forêt.

— Réfléchissez un peu, mes deux petits tourtereaux ! Si Grete, la mère de Ben, qui a pourtant un excellent cœur, n'arrive pas à me supporter, moi et mes tours de passe-passe, quelle femme supporterait de vivre avec moi jour et nuit ? C'est pourquoi je préfère... Enfin, bon.

Il se tut, retira le bâton du sol, prit un air très sérieux, puis de nouveau se mit à plaisanter :

— Ouh ! ouh ! Comment dit le poète déjà : « Quelle FEMME oserait se lier à MOI d'un lien ÉTERRRNEL » ? Déguerpissez, chenapans !

La colère d'oncle Gerhard était feinte, mais les deux enfants s'enfuirent. Une fois dans le sous-bois, ils reprirent leur souffle. Ben eut l'idée de prendre un raccourci et de se promener le long du lac. Anna pensait qu'il valait mieux suivre les autres.

— S'ils ne savent pas pourquoi nous sommes partis, ils viendront nous chercher.

— Pas du tout, dit Ben. Ils penseront que nous avons rebroussé chemin.

Anna lui prit la main.

Cela lui plut. Ils coururent main dans la main entre les arbres et atteignirent très vite les rives du lac. Il n'y avait personne. Sauf, au loin, quelques barques. Ben enleva ses chaussettes et ses souliers, puis pataugea dans l'eau.

Anna l'imita. Ils amassèrent des branches et des brindilles pour faire une petite digue.

Ben s'aspergea pour rire, et Anna courut le long de la berge. Elle courait aussi vite que lui.

Hors d'haleine, ils s'assirent sur une souche, restèrent silencieux, n'entendant plus que leurs respirations haletantes et les oiseaux qui chantaient et gazouillaient de manière extraordinairement forte.

— Je suis toute mouillée, dit Anna.

— Moi aussi.

Elle ôta sa robe et la suspendit à une branche pour qu'elle sèche. Ben se demanda s'il devait enlever son T-shirt. Comme il n'arrivait pas à se décider, qu'il se sentait gêné et ne tenait plus en place, il se leva d'un bond, fonça dans l'eau et se trempa de haut en bas.

— Maintenant je vais me baigner, dit-il.

Il se mit tout nu et plongea dans l'eau. Le froid le surprit. Il pensa qu'il allait rétrécir et devenir tout petit. Anna, qui l'avait d'abord regardé avec surprise, se déshabilla à son tour et vint barboter dans l'eau près de lui.

— Ouh ! Elle est glacée !

Elle se cramponna à lui comme un petit singe. Il l'entraîna sous l'eau, sans la lâcher. Quand ils resurgirent à la surface, ils crachèrent et gargouillèrent. Ils étaient tout essoufflés. Ben trouvait merveilleux de la sentir dans ses bras comme un poisson.

— Dans l'eau je suis légère. C'est pour ça que tu peux me porter, dit-elle.

Ben la berça dans ses bras et sentit à peine son poids.

Anna déclara :

— Ne me regarde pas comme ça !

— Mais je ne te regarde pas, répondit-il, tout en la regardant de plus belle.

— Laisse-moi, supplia-t-elle. Je veux sortir.

— Non !

Il la serra très fort contre lui pour se réchauffer.

— Ben, je t'en prie ! Laisse-moi !

— Bon, d'accord.

Quand elle sortit hors de l'eau toute nue, il eut soudain honte. Il resta sur place, se retourna et regarda le lac.

— Nous n'avons rien pour nous sécher, se plaignit Anna.

— Tu n'as qu'à courir.

— Et si quelqu'un nous voit ?

— Mais il n'y a personne, grosse bête.

Il se sentait étonnamment adulte.

Il la regarda. Elle avait une petite culotte rouge vif et courait autour d'un arbre en agitant ses bras. Ben remit également son slip, s'assit sur la souche. Il tremblait de tout son corps. Anna s'en aperçut, lui apporta sa robe et dit :

— Couvre-toi avec.

— Ça va la mouiller.

— Peu importe.

Elle s'assit à côté de lui et dit :

— Je suis presque sèche.

Elle enroula sa robe autour de leurs deux corps. Ben n'arrêtait pas de trembler, bien qu'il essayât de lutter contre ses frissons. Anna se mit à le frotter.

Peu à peu, il se réchauffa.

— Ça va mieux ? demanda-t-elle.

Il hocha la tête. Mais il claquait encore des dents.

Anna le prit dans ses bras et le serra contre elle. Il ne bougea pas. Ils restèrent ainsi longtemps.

Ben sentait que la chaleur d'Anna le pénétrait.

— Maintenant, nous sommes réchauffés tous les deux, dit-il au bout d'un certain temps.

Anna bondit sur ses pieds et s'écria :

— Attrape-moi !

Elle était aussi vive qu'une belette. Toujours à courir autour des arbres. Ben n'arrivait pas à l'attraper.

Soudain, elle s'arrêta net. Il ne s'y attendait pas et la renversa dans son élan. Ils roulèrent ensemble dans un creux du terrain.

Le visage d'Anna touchait celui de Ben.

Il pensa :

« Ça devrait toujours durer comme ça ! »

Puis il dit ce qu'il ne voulait pas dire :

— Eh, je crois que mes parents nous attendent.

Ils se rhabillèrent.

Ils gardèrent leurs chaussures et leurs chaussettes à la main.

— Il vaut mieux que nous suivions la rive du lac.

Ben avait raison.

En arrivant à la dernière anse, ils tombèrent sur les autres. Au grand étonnement de Ben, personne ne les gronda. Sa mère sourit et leur demanda s'ils avaient faim.

— Oh oui !

Ils pique-niquèrent. Le soleil commençait à décliner, l'air à devenir plus frais.

Holger, oncle Gerhard et le père firent un grand feu. La mère prépara des saucisses. Ben se sentit soudain terriblement fatigué. Il s'étendit par terre, ferma les yeux, entendit Anna et sa mère bavarder. Anna racontait qu'ils s'étaient baignés.

— J'espère que vous n'avez pas pris froid, disait sa mère.

Puis il s'endormit et ne se réveilla que quand il sentit sous son nez une merveilleuse odeur de saucisse grillée. Anna tenait la saucisse devant lui. Tout le monde se mit à rire.

Quand ils déposèrent Anna devant les baraquements, il faisait nuit.

— Pourvu que tes parents ne te grondent pas.

— Sûrement pas, dit Anna.

Puis elle ajouta :

— Merci !

Oncle Gerhard démarra si brusquement que des cailloux giclèrent de tous côtés.

— Eh bien, demanda-t-il, qu'est-ce que tu penses de la situation, Benjamin Körbel ?

— Elle est très bonne, grommela Ben.

— C'est le moins qu'on puisse dire, cher ami, constata oncle Gerhard.

CHAPITRE XIII

LA DEUXIÈME LIGNE

Anna et Ben ne se virent plus pendant les vacances. Elle ne vint pas. Et Ben ne voulait pas aller lui rendre visite. Mais il pensait tout le temps à elle. Une fois, même, il rêva d'elle. Ils jouaient de nouveau au bord du lac. Anna avait nagé beaucoup trop loin. Il essayait de la rejoindre. Ses jambes s'alourdissaient, il coulait. Au moment où il allait se noyer, il se réveilla.

Sa mère lui demanda s'ils s'étaient disputés. Cela mit Ben de mauvaise humeur. Il ne lui répondit pas.

Tout le monde était méchant. Anna aussi.

Il espérait que, le premier jour de classe, elle manquerait.

Mais elle était là.

Il l'aperçut dès qu'il arriva dans la cour de l'école.

Elle murmurait quelque chose à l'oreille de Jens. Ah ! il aurait voulu l'écraser à coups de poing. Et Jens aussi. Il aurait voulu pleurer.

Peut-être valait-il mieux faire demi-tour et faire l'école buissonnière.

Anna riait.

Jens riait.

Ben passa très lentement près d'eux, les poings serrés dans ses poches, et dit :

— Jens, espèce d'abruti !

— Mais qu'est-ce que tu as ? demanda Anna. Pourquoi es-tu si désagréable avec Jens ?

— Parce qu'il n'est pas chic avec moi.

— Mais ce n'est pas vrai. Il ne t'a rien fait.

— Tu sais très bien ce que je veux dire.

Anna prit Jens par le bras, comme elle avait fait avec lui, et l'éloigna.

— Il est cinglé, ce Ben. Vraiment cinglé.

Pendant le cours, il fut incapable de se concentrer. Il se disait : « Je suis en train de tomber malade. Je suis malade. Il faut que je rentre à la maison. Je voudrais mourir. Comme ça Anna aura de la peine. »

Pendant la récréation, il resta tout seul dans son coin. Anna ne vint pas le chercher. « J'ai de la fièvre », songeait-il. Tout paraissait se dérouler très loin de lui, sans l'atteindre.

Quand la sonnerie retentit, il courut derrière les autres. Personne ne se souciait de lui. Pour la première fois, il s'aperçut que le sol du couloir était vert. « C'est drôle, se dit-il. J'avais toujours cru qu'il était gris. Et, en réalité, il est vert. »

En entendant les pas de M. Seibmann derrière lui, il se dépêcha. Toute la classe semblait l'attendre davantage que l'instituteur. Il n'eut pas à se demander longtemps pourquoi. Sur le tableau était écrit en grosses lettres majuscules :

BEN EST AMOUREUX D'ANNA

Il aurait dû se douter qu'elle allait encore lui jouer un mauvais tour. Cela faisait partie de sa maladie. Sinon, il ne se serait pas senti aussi mal.

Il resta figé sur place, entre les tables et le tableau. Curieusement, les autres ne riaient pas, mais retenaient leur souffle, semblaient attendre quelque chose de sa part.

Ben n'avait pas remarqué que M. Seibmann avait silencieusement fermé la porte derrière lui, se trouvait à ses côtés et, comme lui, fixait le tableau noir. Il sentit une grande main sur son épaule qui le caressait imperceptiblement.

La classe commença à murmurer. Ben serra anxieusement les épaules. Bientôt l'orage allait éclater. En effet. Tous les élèves s'écrièrent en désordre :

— Ben aime Anna ! Ben est amoureux d'Anna !

La classe n'était plus que rires et braillements.

M. Seibmann empoigna Ben plus énergiquement et attendit un instant. Ben avait du mal à retenir ses sanglots. Il avait peur que sa poitrine n'explose.

M. Seibmann se retourna très très lentement, entraînant avec lui Ben, de façon que celui-ci doive également regarder la classe. Les élèves s'agitaient comme dans un vieux film de Laurel et Hardy.

Les uns après les autres, ils s'assirent.

Les uns après les autres, ils se turent.

— Merci beaucoup, dit M. Seibmann.

Ben s'efforçait de ne pas regarder à l'endroit où se trouvait Anna. « Elle a participé à tout ça. Elle a accepté. Elle a ri avec tous les autres. » Elle s'est moquée de lui. Anna s'est moquée de lui.

— Je crois qu'il manque une ligne au tableau, déclara M. Seibmann.

Il parlait d'une voix si basse que personne n'osait dire un mot.

— L'un d'entre vous peut-il m'aider ?

Certains élèves secouèrent la tête. La plupart regardèrent Seibmann avec des yeux ronds et ébahis. Ben ne comprenait pas ce que l'instituteur voulait dire.

M. Seibmann lâcha Ben, lui caressa légèrement la tête, fit quelques pas vers le tableau, prit la craie et écrivit sous

BEN EST AMOUREUX D'ANNA

en majuscules aussi grandes

ANNA EST AMOUREUSE DE BEN

Ben lisait à mesure que Seibmann écrivait. À chaque lettre, il devenait de plus en plus triste. Ça n'est plus vrai ! aurait-il voulu crier. Mais il serait alors devenu complètement ridicule.

— En amour, on est toujours deux, dit M. Seibmann.

Il laissa les deux phrases sur le tableau, conduisit Ben à son siège et expliqua :

— Vous pourrez réfléchir là-dessus après le cours. Maintenant, nous allons faire du calcul mental.

Il regarda Ben d'un air préoccupé :

— Ça ne va pas ? Eh bien, tu sais, si tu veux, tu peux rentrer chez toi.

Ben ne se le fit pas dire deux fois. Il prit son cartable et sortit de la classe en vitesse.

CHAPITRE XIV

BEN TOMBE MALADE ET ANNA S'EN VA

Ben tomba effectivement malade. Il eut beaucoup de fièvre. Sa mère demanda un congé à cause de lui. Le médecin venait le voir tous les jours, appuyait sur son ventre avec sa main et posait son oreille contre sa poitrine. Holger lui faisait parfois la lecture, mais Ben était bien trop fatigué pour pouvoir réellement écouter. Les jours et les nuits se succédaient sans qu'il puisse les distinguer. C'est seulement quand son père s'asseyait au bord du lit que Ben savait que le soir était venu. Il rêvait beaucoup. C'était toujours un infâme chaos dans lequel, la plupart du temps, apparaissait Anna.

Il se disait également qu'il était peut-être tombé malade à cause d'Anna, mais le docteur expliquait qu'il avait une forme

de grippe compliquée. L'oncle Gerhard lui-même fit un saut pour le voir. Il demanda à Ben pourquoi il dévorait « en cinq sec » des bacilles, pourquoi il éternuait et toussait sans cesse, risquant ainsi de le contaminer. Il offrit à Ben une jolie automobile en plomb pour sa collection.

Quand Ben fut presque guéri — le docteur avait dit qu'il pourrait retourner d'ici deux jours à l'école —, son père lui raconta qu'il avait rendu visite aux Mitschek. Il lui déclara :

— Anna va très bien et te salue.

— Tu l'as vue ?

— Oui. Je suis allé voir son père.

Ben pensa avec inquiétude : « Peut-être à cause de moi et d'Anna. »

Mais son père dit :

— Tu sais, je m'étais dit que je pouvais peut-être aider M. Mitschek à trouver du travail. C'est quand même terrible de devoir attendre comme ça et de traîner à droite et à gauche. D'ailleurs, M. Mitschek était furieux. Mais il a pris les choses en main. Il n'a pas eu la patience qu'on espère trop facilement de gens comme lui. Il a écrit à plusieurs compagnies minières de la région de la Ruhr, et il a récemment reçu une réponse de l'une d'entre elles. Il peut commencer à travailler tout de suite. Il a même obtenu un logement pour sa famille. Ça m'a plu qu'il ne se soit pas laissé faire.

Ben ne pensait qu'à Anna.

Il se disait : « Anna s'en va. Anna s'en va. » Puis il demanda :

— Anna va partir aussi ?

— Oui, répondit son père. C'est dommage. Mais vous pourrez vous écrire des lettres.

Ben se tourna contre le mur, et son père resta encore un moment assis près de lui, sans rien dire.

Anna lui fit une surprise. Quand il retourna pour la première fois à l'école, elle l'attendait devant la porte du garage. La mère de Ben le savait, mais elle n'avait rien dit. Tout d'abord, il eut envie de courir vers elle. Puis il s'avança très lentement.

— Qui t'a amenée ici ? demanda-t-il.

— Personne.

— Alors tu dois être levée depuis longtemps. Je trouve ça chouette.

Anna lui parla de l'école.

Il lui posa des questions sur Jens et Bernhard. Anna ne parla pas d'eux, mais dit :

— Je m'en vais avec mes parents.

— Oui, dit Ben, je sais.

— Dès la semaine prochaine.

Puis Anna déclara quelque chose que Ben trouva très beau :

— Je suis triste. À cause de toi. Parce que nous n'allons plus nous voir.

À l'école, on donna une fête pour le départ d'Anna. La classe se réunit, et M. Seibmann lui offrit un cartable tout neuf. Anna était énormément intimidée. Ben l'accompagna chez elle. Il voulait lui proposer d'aller une dernière fois à la petite maison près de la voie de chemin de fer. Il ne le fit pas, parce qu'elle était énervée et que ses parents faisaient déjà leurs bagages. Ils lui serrèrent tous la main. La mère d'Anna l'embrassa sur les deux joues, ce qu'il trouva comique.

— Nous vous donnerons de nos nouvelles, dit M. Mitschek. Ton père est un type bien.

— Toi aussi, déclara Anna.

Elle le raccompagna encore un petit bout de chemin.

Soudain, elle s'arrêta.

— Je dois aller aider, sinon maman va me gronder.

Ben pensa : « Anna va partir, il faut que je lui donne un baiser. »

Mais il n'osa pas le faire. Anna le pressa contre sa poitrine, puis partit en courant comme une folle. Il la suivit du regard un instant. Puis il s'éloigna lui aussi en courant. De nombreuses phrases tournaient et tournaient dans sa tête. « J'aime Anna. Anna s'en va. Je dois écrire tout de suite une lettre à Anna. Anna pourra nous rendre visite. J'aime vraiment Anna. »

Il aurait aimé pleurer.

Mais il ne pleura pas.

TABLE DES MATIÈRES

Si tu as aimé cette histoire,
découvre un extrait de

Romarine

d'Italo Calvino

Tourne vite la page!

ROMARINE

Il était une fois un roi et une reine qui n'avaient pas d'enfants. Un jour que la Reine se promenait dans son potager, elle avise une plante qui était un romarin et qui avait tout autour un tas de petits rejetons. La Reine dit : « Voyez donc ça : ce n'est qu'une simple petite plante de romarin et elle a des quantités de tout petits rejetons, alors que moi qui suis reine, je n'en ai pas un ! »

Sur ce, quelque temps passe et voilà que la Reine elle-même accouche ; seulement, ce n'est pas d'un enfant qu'elle accouche, mais d'une petite plante de romarin. Elle la met dans un pot et, jour après jour, elle l'arrose de son lait.

Un sien neveu vient leur rendre visite ; il était roi d'Espagne, et il lui demande : « Tantine Majesté, qu'est-ce donc que cette plante ? »

La tante répond : « Neveu Majesté, c'est ma propre fille et, quatre fois par jour, je l'arrose de mon lait. »

Le neveu, cette petite plante, il la trouve tellement à son goût qu'il lui prend envie de l'enlever. Il la saisit avec le pot où elle est, l'emporte sur son navire, achète une chèvre pour le lait, et on largue les amarres. Tout en allant sur la mer, il trait la chèvre et, quatre fois par jour, il donne son lait à la plante de romarin. Dès qu'il débarque dans sa ville, il la fait planter dans son jardin.

Ce jeune roi d'Espagne, il avait une marotte, c'était de jouer du pipeau ; toute la journée, il se promenait dans son jardin pipeau aux lèvres et dansant. Comme il souffle dans ce pipeau en battant des entrechats, voilà que lui apparaît, au milieu des feuilles du romarin, une merveilleuse jeune fille aux longs cheveux, qui se met à danser à ses côtés.

« D'où sortez-vous ? lui demande-t-il.

— Du romarin », répond-elle.

Sur ce, la danse achevée, elle retourne parmi les feuilles de la plante et personne ne la voit plus. À partir de ce jour, le jeune Roi s'empressait de liquider les affaires du royaume pour courir dans son jardin avec son pipeau ; il en jouait, et la jolie fille sortait du feuillage, après quoi ils dansaient en se donnant la main et devisaient agréablement.

Tout allait donc pour le mieux, mais voilà qu'on fait la guerre au Roi, et il est bien obligé d'y aller. Il dit à la fillette : « Romarine chérie, ne mets plus le nez hors de ta plante avant que je ne revienne de la guerre. Dès mon retour, je siffle trois notes sur mon pipeau, et tu pourras sortir. »

Il appelle son jardinier et lui explique que la plante de romarin doit être arrosée de lait quatre fois par jour ; si, à son retour, il trouve la tige flétrie, il fera couper la tête au jardinier. Cela dit, il part pour la guerre.

Il importe d'ajouter ici que ce roi avait trois sœurs on ne peut plus curieuses ; depuis un bon moment, ces sœurs se demandaient pourquoi leur frère passait toutes ses heures au jardin avec son pipeau. Dès que le voilà parti en guerre, elles vont fouiller dans sa chambre et trouvent le pipeau ; s'en étant saisies, elles courent au jardin, l'aînée souffle dedans et n'en tire qu'une note, la deuxième le lui arrache et souffle à son tour, il en sort une deuxième note, la cadette s'y met à son tour, et voici une troisième note. Entendant ces trois notes et croyant le Roi revenu de la guerre, Romarine surgit aussitôt entre les feuilles de son romarin.

Et les sœurs : « Ah ! on comprend bien à présent pourquoi notre frère passait tout son temps au jardin ! », et, mauvaises comme elles sont, elles sautent sur la jeune fille et lui tapent dessus à n'en plus finir. À la suite de quoi la pauvrette, à demi morte se réfugie dans sa plante et disparaît.

Vient le vieux jardinier et il voit le romarin mis à mal, ses feuilles jaunies et qui penchent vers le sol. « Ah ! misère de moi ! que vais-je devenir quand le Roi reviendra ? » Il rentre en courant chez lui et dit à sa femme : « Adieu, il faut que je m'esbigne... Tu arroseras tous les jours le romarin avec du lait. » Après quoi il prend ses cliques et ses claques.

Il marche, il marche de par la montagne. La nuit venue, il se trouve dans un bois. De peur de tomber sur des bêtes féroces, il grimpe sur un arbre. À minuit tapant, une Mémère-Drague et un Pépère-Dragon se rencontrent sous cet arbre, où ils avaient rendez-vous. Le jardinier, tout recroquevillé sur la plus haute branche, tremblait comme une feuille en percevant leur souffle brûlant.

« Quoi de neuf ? demande la Mémère-Drague.

— Et que veux-tu qu'il y ait de neuf ?

— Tu n'as jamais rien à me raconter !

— Ah ! oui, il y a que le romarin du Roi est tout flétri.

— Tiens ! Et comment cela ?

— C'est que le Roi est à la guerre, que ses sœurs ont soufflé dans le pipeau, que la jeune fille ensorcelée est sortie de son romarin et que les trois sœurs l'ont tellement battue qu'elle en est à moitié morte. Ce qui fait que voilà la plante en train de se faner.

— Et il n'y a pas moyen de la sauver ?

— Il y aurait bien moyen…

— Allez, dis-moi ça.

— C'est pas des choses à dire : les arbres ont des yeux et des oreilles.

— Allons donc ! Qui veux-tu qui nous écoute au milieu de ce bois sauvage ?

— Bon… je vais te dire le secret : il suffirait qu'on prenne le sang de ma gorge et la graisse de ta caboche, qu'on les mette à bouillir dans un pot et qu'on oigne avec le produit toute la plante de romarin. Elle se desséchera tout à fait, mais la fillette en pourra sortir indemne. »

Le jardinier, son cœur battait la chamade, mais il n'en perdait pas un mot. Dès que

Mémère-Drague et Pépère-Dragon sombrent dans leur sommeil — et il les entend ronfler à en déraciner le bois tout entier —, il arrache au branchage un rameau noueux, dégringole de l'arbre et, avec ce gourdin robuste, par deux coups bien assenés, il envoie le couple dans l'outre-tombe. Puis il vide de son sang la gorge du Pépère-Dragon, de sa graisse la caboche de la Mémère-Drague, et retourne en courant à sa demeure. Il réveille sa femme, et : « Vite, mets à bouillir toute cette ordure ! » Ensuite, il en enduit le romarin, petite branche par petite branche ; la jeune fille en sort, cependant que la tige se dessèche rapidement. Le vieux jardinier la prend par la main, l'emmène dans la maison, la fait se coucher et lui donne un bon bol de bouillon chaud.

Voilà le Roi revenu de la guerre, et la première chose qu'il fait, c'est de courir au jardin avec son pipeau. Il souffle trois notes, puis trois autres encore, et allez donc ! il avait beau souffler, rien ne se produisait. Il s'approche du romarin et le voit tout flétri, il n'y restait plus une seule feuille.

Au comble de la fureur — on aurait dit un tigre — il court chez le jardinier.

« Malheureux, tu auras la tête tranchée aujourd'hui même !

— Calmez-vous, Majesté, daignez entrer un moment dans ma demeure, vous verrez la plus belle chose du monde !

— Rien du tout ! Tu auras la tête tranchée !

— Daignez simplement entrer. Après, vous ferez ce que vous voudrez. »

Le Roi entre et voit Romarine couchée — c'est qu'elle était encore un peu faiblarde. Elle lève la tête et, les yeux pleins de larmes, dit au Roi : « Tes sœurs m'ont battue, et c'est grâce à ton pauvre jardinier que je suis encore en vie ! »

Le Roi nage dans le bonheur parce qu'il a retrouvé Romarine, il n'est que haine pour ses sœurs, gratitude pour son jardinier. Dès que la belle jeune fille est rétablie, il décide de l'épouser et écrit au Roi son oncle que la plante de romarin qu'il a volée est devenue une véritable splendeur ; il l'invite pour la noce avec la Reine son épouse. Le Roi-oncle et la Reine-tante, qui étaient au désespoir parce qu'ils n'avaient plus rien su de leur romarin, reçoivent la lettre que leur apporte un ambassadeur ; et c'est ainsi qu'ils apprennent que ce romarin est devenu une magnifique jeune fille, leur propre fille ; il n'en faut pas plus, et les voilà presque fous de joie. Ils s'embarquent aussitôt, et « boum ! boum ! boum ! » tous les canons tonnent dès qu'ils atteignent le port, et Romarine est là pour les accueillir. On fit la noce, et après il y eut un banquet avec une table longue d'un bout à l'autre de l'Espagne.

Imprimé en France sur Presse Offset par

BRODARD & TAUPIN

GROUPE CPI

La Flèche (Sarthe), le 20-11-2000
N° impression : 4910

Dépôt légal : avril 1995

POCKET jeunesse

12, avenue d'Italie • 75627 PARIS Cedex 13

Tél. : 01.44.16.05.00